「あっ…やっ…あぁん…」
「まだ赤くなるんですね。ほら、こっち、真っ赤に熟れてきましたよ」
乳輪の上を回したり乳頭をおさえつけたり、側面を刺激したり。
両方の乳首を、岩根はピンクローターで刺激する。

illustration KANAME ITSUKI

秘書のイジワルなお仕置き♥

The secretary's nasty punishment

森本あき

AKI MORIMOTO presents

KAIOHSHA ガッシュ文庫

イラスト★樹要

CONTENTS

★本作品の内容はすべてフィクションです。
実在の人物・地名・団体・事件などとは一切関係ありません。

第1章　前途は多難!?
1, The future full of troubles

あこがれは、いつか恋に変わるの？

「よーし」

花山昌弥《はなやままさや》は、自分の頬をパンパンと二度たたくと気合いを入れた。それから、目の前にあるビルを、キッと見上げる。家賃が高そう、という、俗《ぞく》な感想しか出てこない、近代的なビル。その最上階から三つのフロアを占めているのが、山野《やまの》法律事務所である。

遠くからでも分かる大きな看板を眺めて、昌弥は深呼吸をした。

今日からここで働くのだ。

弁護士を目指す者、そして、いま現在、弁護士という職業についている者で、この法律事務所を知らない人はいない。所属弁護士は新人の自分を含めて十人と少ないが、少数精《せい》鋭《えい》という言葉が一番ふさわしい。全員が、裁判でかなりの勝率を誇《ほこ》っている。

だけど、それだけではない。

この事務所の名前が知られている、最大の理由は。

日本で一番有名と言っても過言ではない弁護士が、ここに所属しているからだ。

推定年収一億円以上。彼がテレビに出た瞬間に視聴率が上がると言われている男。

そして、昌弥が、あんな弁護士になりたい！　と、あこがれてやまない相手。

植木《うえき》鷹臣《たかおみ》が。

「がんばらないと！」

昌弥は自分にそう言い聞かせる。

最大の難関、と言われる司法試験に大学四年で受かったときには、自分でもちょっと焦《あせ》った。その年から合格者が増えていたとはいえ、まさか一発合格するとは思わなかったのだ。

勉強はした。

死ぬほど、勉強はしたけれど。

それでも、まだ全然足りない、と思っていたから。

あまりに驚いて、本当に自分の番号なのかどうか、何度も確かめてしまったほど。だけど、もちろん、間違いなんかじゃなくて。

義務として定められている一年半の研修をしているうちに、ようやく実感が湧《わ》いてきた。

司法試験に受かったら、裁判官、検事、弁護士のうちのどれかになれる。だから、研修期間は、この三つすべての研修を行う。そして、自分のなりたいもの、自分にあった職業を決めていく。

だけど、研修中も、研修が終わったときも。

迷うことなんて、なかった。

弁護士になりたくて司法試験を受けたのだから、弁護士以外は考えない。

絶対に、弁護士になる。

そう思いながら、昌弥が就職先を探していた矢先。

運命の女神は、昌弥に微笑んだのである。

『弁護士一人募集　山野法律事務所』

求職ボードに貼ってあった紙に書かれた、たった一行のその文字を見たとき。そばにいた全員が目をこすっていたのを、昌弥はよく思い出す。自分もこすった。目が痛くなるぐらいこすった。

そして、それが本当だと分かったとたん、その場にいる全員がライバルとなったのだ。

面接に来た人数は百人を超した、と聞いている。穏やかそうな、昔は人情に厚い弁護士として活躍していた所長が、そして、そのとき臨席《りんせき》していた弁護士が、なぜ自分を選んだのか、いまでも昌弥は分からない。

だけど、選んでもらったからには、全力でそれに応えたい。

少しでも、選んでよかった、と思ってもらいたい。

「い、行くぞーっ！」

少しだけ、怖い、と思う自分にハッパをかける。

時刻はまだ八時半。十時出勤だと言われたけれど、緊張してほとんど眠れずに、こんなに早く来てしまった。きっと、この時間ならだれかはいるだろう。いなくても、ドアの前で待っていればいい。

エレベーターのボタンを押す。チン、と音がして、すっとエレベーターのドアが開いた。

昌弥は少しためらって、そして、思い切って、中に入る。

今日から、自分の弁護士生活が始まる。

これは、その第一歩。

あこがれの植木のようになるための、弁護士としての第一歩だった。


最上階にたどりついて、昌弥は所長室のドアをノックした。コンコン、と何度たたいても返事がない。やっぱりまだ出勤してないよなあ、とがっかりしたところで思い出した。弁護士という職業上、ここはどこも完全防音なのだ。ドアの横にはインターホンがついていて、それを鳴らすようになっているから、と教えられていたのをすっかり忘れていた。面接のときは、所長室のドアがずっと開きっぱなしだったせいもある。

インターホンを押すと、しばらくして女の人の声がした。ああ、そういえば、秘書の人がいるんだ、と妙なところに感心する。

「花山昌弥です。今日からこちらにお世話に…」

『…少々お待ちください』

いぶかしそうな声とともに、しばらくしてドアが開いた。面接のときにはいなかった、びしっとスーツを着た、いかにも仕事ができそうな中年の女性が首をかしげて昌弥を見る。

「あなた、新人の花山弁護士よね？」

花山弁護士、という言葉に、昌弥はくすぐったさを覚えた。

そうだ。そうなのだ。

今日から自分は、花山弁護士なのだ。

司法試験に受かったときも、研修を受けているときも、就職が決まったときも、実感は湧かなかった。

だけど、呼ばれてみて、初めて分かる。

自分は、弁護士なんだ。

「はい！」

元気よく答えたら、彼女はくすりと笑って所長を呼んだ。所長があいまいな笑いを浮かべながら、昌弥に声をかける。

「…えーっとね、花山くん。きみがたいそう熱心なのは分かったけど、今日来られても、まだ完全に用意はできてないんだよね。できれば、今日はもう帰って、ゆっくり休んでもらったほうがいいかと…」

「ええっ!?」

昌弥は目を見開いた。

「ど、どうしてですか!?　早く来すぎたからですか!?　それだけで、クビなんですか!?」

秘書が、ぶっ、と音を立てて噴き出した。そのまま、おなかを抱えて笑っている。

「しょ…所長…私…分かりま…したよ…」

目には涙まで浮かべて、彼女はきれぎれの声でつぶやいた。

「こっ…この子…日にち…だめだ、おかしい…」

彼女はまた噴き出す。山野は彼女の言った言葉を整理したあと、まじまじと昌弥を見た。

「あ…のね、いまから私が聞く質問に、花山くんをバカにしている気持ちはまったくないから、率直《そっちょく》に答えてくれる?」

「…はい」

なんだろう、やっぱり様子がおかしい。昌弥の声が、だんだん小さくなる。

「なんでしょうか?」

「今日は、何日か分かってる?」

「四月一日です」

昌弥は自信を持って答えるものの、内心は疑問だらけ。

どうして、こんな初歩的な質問をするのだろう。

もしかして、これは何かのテスト?

山野はぽかんと口を開けた。秘書は机をたたいて、笑っている。

「久しぶりの大ヒットーっ! そうよ、こういうおもしろいのを選べ、って言っておいたのよ！　ああ、おっかしー！　外見は凛《りん》としてて頭よさそうに見えるのに、中身がボケてる、っての、いままでうちの事務所にいなかった逸材《いつざい》よね！　最高よ！」

できそうな秘書、は、人のよさそうなおばさん、にいつの間にか変わっていた。

だけど、どうして笑われているのか、昌弥には分からない。

「ねえ、花山弁護士」

彼女は目に浮かんだ涙をぬぐいながら、昌弥に話しかけた。

「昨日は何日？」

「…三月三十日です」

ひっかけ？　わな？

何、何、何ーっ！

いま、なんのテストが行われてるわけ!?

「で、三月は何日あるの？」

ニシムクサムライ、と昌弥は心の中でつぶやいた。二月と四月と六月と九月で、ニシムク。サムライは十一を士という漢字にしてサムライと読ませるもの。その五ヶ月間だけが三十一日じゃない。つまり、三月は三十一日まであって、三十日のつぎは…。

「あーっ！」

昌弥は叫んだ。

「今日、三月三十一日だ！」

四月が三十日まで、というのと、四月一日から出勤、というのを、どこかでごちゃまぜにしていたらしい。三月三十日の次は四月一日だと固く信じていた。信じて、明日から出勤、明日から出勤、と忘れないように昨日つぶやき続けた。目覚ましも、三つ用意したのに。

全部ムダ⁉

っていうか、ちょっと待って！

そんなことよりも何よりも！

昌弥はちらりと二人を見た。二人は肩を震《ふる》わせて笑っている。

「ち、ちがうんです！」

何がどうちがうのか、まったく自分でも分からないまま、昌弥は叫んだ。

「あの、これはちょっとした手違いっていうか、勘違いっていうか、普段はそこまでドジじゃ…あるかもしれないですけど、でも、仕事はちゃんとしますので！　クビにはしないでください！」

日にちすら分からない弁護士なんて、だれが信用できるだろう。

せっかく、ここに入れたのに。

一日でクビなんて、絶対にいやだ！

「ホントにホントにまじめに仕事をします！　体力も気力も、人には負けません！　だから、どうか…」

「こんなことで、クビになるわけがないでしょう」

冷たい声が、突然、割って入った。

コツコツ、という靴音が後ろから響いてきて、昌弥は、びくん、と体をすくませる。

だれかが、入ってきたのだ！

どうしよう、どうしよう、どうしよう！

所長と秘書、二人に知られただけでも、とんでもなく恥ずかしいのに、また一人新たに、自分のドジっぷりを披露《ひろう》してしまった。

逃げたい。

いますぐここから逃げ出して、明日から、なにくわぬ顔で出勤したい！

「せいぜい、使えないやつが入ってきた、といううわさになるぐらいですよ」

抑揚《よくよう》のほとんどない声でそう言われて。昌弥はぎゅっと唇を噛んだ。

そうだ。そのとおり。

使えない、ドジなやつが入ってきた、と、評判は一日で回るだろう。

「まあまあ、岩根《いわね》、そんなにいじめるもんじゃないわよ」

秘書はまだ笑い続けながら、そう言った。

昌弥はその言葉に、ぽかん、と口を開ける。

いま、なんて言った？

「加納《かのう》さんは、お好きですよね、こういうの」

彼の声は、淡々《たんたん》と続く。

待って、待って、待って。

彼は、こんな声をしているの？

こんな、しゃべり方なの？

本当に、彼がそこにいるのかもしれない。

昌弥は前を向いたまま、動けなくなった。

「こういうの、とか言わないの。たとえ、日づけが分からなくても、弁護士なんだからね。

それに、岩根がつくんでしょ？」

表情筋すら動かせなくなった自分のことなどいないかのように、会話は続けられていく。

声は聞こえてくるのに、内容が耳に入ってこない。

心臓が、バクバク、と音を立てている。

「業務命令ですから」

「…あら、あたしが聞いた話とは…」

「加納さん、この書類お願いします」

彼はまた足音を響かせて、近づいてきた。

近づいて、くる。

昌弥のそばに。

「あと、所長、データの件ですが…」

ふわり、と何かいい香りがただよった。トワレだと気づいたのは、彼が自分の横を通り過ぎてから。

「岩根晋介《しんすけ》…」

思わず、昌弥はつぶやいていた。岩根がふいに振り返る。

ああ、彼だ、と昌弥は思った。

法廷で、何度も見た顔。

怜悧《れいり》な、という言葉が一番似合う、整った顔。なのに、男っぽい感じがするのは、身長が高く、きれいに筋肉がついた体をしているからだろうか。クールな態度とあいまって、冷たそうなところが素敵、とよく言われていた。

忘れていない。

もう二年も見ていなかったのに、一瞬で思い出した。

植木と同じように、昌弥があこがれていた相手。

無表情に昌弥を見下ろす顔は、何年か前に見た、あのときとまったく変わらない。

「なぜ知っているんですか?」

淡々とした口調で、岩根はそう言った。質問のはずなのに、答えなど求めてない、と言ったような。

こんな、しゃべり方をするんだ。

岩根は、こうやってしゃべるんだ。

そんなことを思いながら、昌弥はおずおずと返事をする。

「…岩根さんを知らない人なんて」

「まあ、そんなことはどうでもいいです」

岩根は昌弥の言葉をさえぎると、表情を変えずに言葉を続けた。

「本当は明日、顔合わせの予定だったんですが。いつやっても同じですね。私は岩根。あなたの秘書になります」

「ひ…しょ…?」

昌弥はもう、言葉にならない。

どうして?

どうして、岩根が?

「ただし、私は無能な弁護士などいりませんから、そのつもりで。私がかつて、だれの秘書だったのか、その様子だと知っているようですから、お分かりだとは思いますが」

昌弥はこくこくとうなずいた。

知っている、どころの話ではない。

植木のような弁護士になりたくて、この道を目指した。

植木のような弁護士になって、そして…。

昌弥は目の前の岩根を、じっと見つめる。

これは夢？

それとも、現実？

「あそこまで、とは言いません。ですが、あの半分以下なら、切り捨てさせてもらいます」

「岩根、ちょっと、あんた…」

加納と呼ばれた秘書がとめようとしたが、岩根は続ける。

「楽しみですね。二十年以上生きてきて、日にちすら覚えられない弁護士が、いったいどこまで私を満足させられるのか、が」

「がんばります！」

言葉が、突然滑《すべ》り出た。

たしかに、ドジだけど。

全然、植木には追いつけないだろうけれど。

それでも、見捨てられたくはない。

切り捨てて、ほしくない。

だから、がんばる。

そばに、いられるために。

「がんばって、どうにかなる世界だとでも思っているんですか？」

相変わらず、冷たい口調。だけど、ちょっと試《ため》すような響きに、昌弥ははっきりと答えた。

「がんばってどうにかなる世界じゃないかもしれないですけど、がんばらないともっとどうにもならないですから」

「…なるほどね」

岩根は何を考えているか分からない目で、昌弥を見た。

「じゃあ、とりあえず、日づけから覚えてください。話はそれからです」

それだけ言い終えると、あとはまったく振り返らずに、岩根は所長のところへ行って、何かを小声で話し始めた。所長もまったく気にしてない様子だから、岩根の態度は普通なのだろう。加納だけが、おろおろしたように昌弥を見ている。

「あのね、岩根はちょっと言い方が冷たいけど…」

「ほ…んとですか？」

昌弥は加納のほうを向いた。

「ホントに岩根さんが俺の…」

「…ええ、そうよ」

あきらめたように、加納はうなずいた。

「確かに、岩根はキツイけど、でも、仕事はものすごくできるのよ？　その岩根に秘書をしてもらえるなんて…」

「すみません、失礼します！」

昌弥は頭を下げると、所長室を飛び出した。エレベーターの脇にあるトイレに駆け込んで、個室に入り、鍵をかける。

秘書？

あの人が、秘書？

こんな新人弁護士の!?

「…夢じゃなくて？」

昌弥は思い切り両頬をつねってみた。

痛い。

痛いけど、でも…。

「ホントに…？」

明日から、あの人が自分のそばにいるのだろうか。

明日から、あの人と一緒に仕事をするのだろうか。

ずっと、見つめてきた相手。

あこがれのまなざしで、遠くから見てきただけの存在。

その人が、自分のそばに？

「…ホントに…？」

もう一度、そうつぶやいた。

それしか、言葉が出なかった。


『動』の植木と『静』の岩根。もしくは、熱い植木と冷たい岩根。ほかにも、何種類もの呼び名があった。だけど、必ず対照的なもの。

法廷で、大きな身振り手振りをまじえ、時には熱く、時には冷静に、そして、最後は必ず聞いているだれをもうならせるようなすばらしい論理を展開する弁護士、植木鷹臣。

そのそばにひっそりと立ち、まるで精密機械《せいみつきかい》のように必要な書類を即座《そくざ》に取り出し、陰で植木を支える有能な秘書、岩根晋介。

二人は『パーフェクトコンビ』と呼ばれていた。

野性味あふれる容貌《ようぼう》で、たまに笑うと子供のようになる植木と、完璧に整った顔を持っているせいか、怜悧な印象で、その上、まったく表情を崩《くず》さない岩根。ほとんど同じ身長と体格を持つ二人が裁判所の廊下を歩いているだけで、人は思わず、道を開けたものだ。迫力が、ほかのだれともちがっていたから。

二人は二年間、弁護士と秘書、という関係だった。パーフェクト、と呼ばれていた二人が、なぜその関係を解消したのか。いろいろな憶測《おくそく》が流れたものの、だれも真相は知らない。

ただ、その二年間、植木の裁判のときは、必ず傍聴席《ぼうちょうせき》がいっぱいになった、普通の離婚裁判にまで人が殺到《さっとう》するというのは異例のことだ。

裁判を見にきているならまだしも、あの傍聴人はきみたち目当てで来ている。裁判所はそういう場所ではない。

そんな理由をつけて、裁判所が二人のコンビを解消させた、というまことしやかなうわさまである。

いま、植木の秘書となっているのは、小柄なかわいい人だと聞いた。毎回、裁判に同行しているわけではないらしいので、岩根のようなパラリーガルではないのだろう。

パラリーガル。

この、聞き慣れない言葉を覚えたのも、岩根のおかげ。

弁護士資格はないものの、法律に関する広い知識を持ち、外国語をあやつり、裁判に同席して弁護士をサポートする。アメリカなどでは当たり前となっている、秘書というよりはもっと高度な仕事をする人。便宜上《べんぎじょう》、秘書ということになってはいたが、岩根はそのパラリーガルなのだ。

司法試験に受からなくて、弁護士になれなかったらパラリーガルの資格を取るのもいいな。

そんなことを思ったときもある。

岩根の仕事ぶりにあこがれて、ああいうふうになりたい、と思ったから。

いつも冷静沈着《れいせいちんちゃく》に植木をサポートする岩根は、見ていてほれぼれするぐらいかっこよかったから。

昌弥は時間がある限り、植木の裁判の傍聴に行った。ずっとずっと、『パーフェクトコンビ』を見続けていた。

こんなにきれいな裁判があるのか、と、感心した回数なんて数え切れない。

やっぱり、弁護士になりたい。

弁護士になって、対等な立場にたって、そして…。

「な…んで？」

昌弥は手の中に顔を埋《うず》めると、小さくつぶやいた。

「なんで、俺なんかの秘書に…？」

有能な弁護士に、なりたかった。

仕事ができる弁護士として、会いたかった。

こんなに早く、出会う予定じゃなかった。

きっと、岩根はあきれただろう。

いまから自分が補佐すべき弁護士が、こんなドジで、植木とは比べものにならないぐらいできなさそうで。

それとも、視野にすら入っていないだろうか。

そう考えたら、めげそうになった。自分みたいなのが、この事務所に入ったのは間違いだったかも…。

弱気になりそうになるのを、首をぶんぶんと何度も横に振って否定する。

がんばる、と言った。

岩根に、そう言った。

だったら、がんばる。

「だけど、いまはちょっとだけ落ち込んでてもいいかなあ…」

昌弥はうずくまった。

しばらくは、こうしていたかった。

とにかく今日は帰ろう。

やっと落ち着いてきて、そう思えたときには、外がざわめき出していた。みんなが出勤し始めたのかもしれない。だったら、早く、ここから出なきゃ！　今日はもう、これ以上、だれにも見つかりたくない。

トイレから顔を出して、きょろきょろと辺りを見回したら、だれもいなかった。エレベーターを使うと、だれかに会う可能性がある。階段を下りるほうがいい。

階段までダッシュしようとして、途中で昌弥は足を止めた。

「…え？」

大きく開いているドアを、昌弥はまじまじと見つめる、面接に来たとき、だれもがここのドアの前まで来ていた。手を合わせて、おがんでいた人もいる。

植木の部屋。

あの日、昌弥は、『植木鷹臣』と書いてあるプレートを触《さわ》った。ご利益《りやく》がありますように、と願いながら。

もちろん、面接の日にこのドアが開くことは一回もなくて。植木の姿を見ることはできなかったけれど。

「…うそ」

いま、そのドアは開かれ、ちらりとのぞいた中には、人の気配もない。

弁護士の部屋には、他人に見られてはいけないものがたくさん置いてある。なので、本人が不在のときに部屋に鍵をかけることは、常識中の常識だ。

もしかしたら、資料室に行っているのかもしれない。すぐに帰ってくるから、と鍵をかけてなかったのかもしれない。

いけない、いけない、と思うのに、足が勝手に中に入っていく。

あこがれの植木の部屋。

たとえ入ることができる日が来るとしても、もっとずっと先のことだろう、と思っていたその部屋に、昌弥は足を踏み入れた。

「うわあ…」

豪華《ごうか》、という言葉がぴったりする、広い部屋。一度だけ見せてもらった、自分の部屋になるところとは大違いだ。中央にあるどっしりしたソファーセットなんて、あの部屋に置いたら、それだけでいっぱいになってしまうだろう。

向かって右側に、たぶん秘書のものであろうパソコンが載ったデスク。そして、真正面に、いかにも重厚そうな机があった。まるで、何かに引っ張られるように、昌弥はその机に向かう。

座り心地のよさそうな椅子の背には、背広がかけてあった。
ああ、ホントにここにいるんだ、と昌弥は思う。
自分があこがれ続けた植木鷹臣が、この事務所にいるんだ。
昌弥は、そろそろ、と背広に手を伸ばした。
さっき、岩根が自分のそばを通り過ぎたときのことを思い出したのだ。
柑橘系《かんきつけい》のさわやかなトワレの香り。それは、怜悧な印象の岩根にはよく似合っていた。
じゃあ、植木は？
植木はトワレをつけているのだろうか。
だとしたら、どんなトワレ？
やっぱり、岩根とは対照的なもの？
背広を手に取って、鼻先に近づけようとした瞬間。
「困りますね」
まったく抑揚のない声がした。昌弥はその声を聞いて、固まる。
まだ、いたのだ。
岩根はこの階に、まだいたのだ。
植木に用事があったのだろう。この部屋に来て、そして…。
泥棒《どろぼう》みたいに忍び込んだ自分を、見つけてしまった。

もう今度こそ、ダメかもしれない。

昌弥は絶望的な気分で、そう考える。

日にちを間違えるぐらいなら、いつか笑い話になる。だけど、ほかの弁護士の部屋に無断で入ってしまったら。

それも、背広を手に取ったところを見つかってしまったら。

本当にクビになりかねない。

動けない。

まったく、何もできない。

カツカツ、と足音を響かせて、岩根が近づいてきた。こんなときなのに、岩根のその足音を待ってしまう。

そういえば、法廷でもそうだった。堂々と歩く植木はほとんど足音がしなくて、優雅《ゆうが》に歩く岩根の足音のほうがよく聞こえていた。植木先生のおな~り~、みたいな感じだよね、とだれかが言っていたのを聞いて、噴き出したことを思い出す。

岩根の足音を、心待ちにしていた。

その足音がすると、二人が現れる、ということだから。

二人の姿を、裁判所の廊下で、そして、法廷で見ることを、いつも楽しみにしていた。

岩根の足音を聞くと、当時の気分を思い出す。

あの二人にあこがれて。

そして、弁護士になろう、と本気になったのだ。

「背広を置きなさい」

ぐいっ、と肩をつかまれて、昌弥は背広を思わず手放した。背広が、ぱさり、と床に落ちる。

岩根の手が肩から離れて、背広を拾った。それを、椅子の背にかける。

「まったく困ったものです」

ため息をつかれて、昌弥はびくっと体を震わせた。

謝らなければならないことは、分かっている。

だけど、怖い。

何かを言って、岩根にバカにされたように見られるのが怖い。

「あの人は、いったいいつになったら、部屋に鍵《かぎ》をかける、という常識を覚えるんでしょうかね」

ごめんなさい、ごめんなさい、ごめんなさい。

開いてたからといって、ふらっと入ったりしてごめんなさい。

悪いと分かっていたんですけど…。

頭の中で、いろいろな言葉を組み立てて、いざ言おう、と思った瞬間に、いまの岩根の言葉が、やっと意味を持って、脳に届いた。

……え？

困ったものだ、ってもしかして…。

「あの植木鷹臣の部屋が開いていたら、入ってみたくなるのは人情というもの、まあ、あなたの気持ちは分からなくもありませんが」

昌弥はぱっと振り向く。岩根の言葉で、硬直《こうちょく》していた体が動くようになったのだ。

謝るならいましかない！

「すみませんでした！」

それだけを言うと、昌弥は深々と頭を下げる。三十秒ほどそうしていただろうか。ふう、と息を吐く音がした。

「残念です」

まったく残念じゃなさそうに、岩根がつぶやく。昌弥はぱっと顔を上げた。昌弥より、二十センチは確実に背が高い岩根と目を合わせるには、かなり上を向く必要がある。

それでも、昌弥はじっと岩根の目を見つめた。

そらしては、いけない。

悪いことしたら、目をそらさない。自分が悪いのだから、非難《ひなん》の視線も全部受け止める。

一重《ひとえ》で切れ長の目が、しばらく昌弥を見たあと、薄い唇が開いた。

「一言でも言い訳をしたら、つく弁護士を変えてもらおうと思っていたんですが。あなたは、なかなかいさぎよい」

ちちち、ちがうんです、とはいまさら言えない。

本当は言い訳をたくさんするつもりで、でも、まったく言葉が出なかっただけなんです。

「だからといって、他人の部屋に無断で入ったことは見逃せません。ここで見つかったら、あなただけじゃなく、植木も同罪になる。さっさと、出てください」

「は、はい！」

昌弥はダッシュで部屋を出た。岩根は優雅に、そして、また足音を響かせながら、昌弥のあとに続く。部屋の外で、どうしていいか分からずにおろおろしていた昌弥を一瞥《いちべつ》すると、植木の部屋のドアを閉めた。

「鍵をかけなくても、ドアさえ閉まっていればだれも入らないでしょうから、これで十分です。わざわざ植木のために鍵をかけてやるのも、めんどうですしね」

あれ、と思った。

いまの言い方、なんかトゲがなかった？

「あ…の…？」

「しっ」

岩根はぴしゃりと言った。

「黙って」

「…すみません」

昌弥はしゅんとなった。決して荒っぽい口調ではないから気にしてなかったけれど、きっと岩根は怒っている。

開いているからといって、無断でほかの弁護士の部屋に入るような新人弁護士の秘書になんてなってしまった自分の運命を、呪《のろ》っているのかもしれない。

「自分のしたことがばれたくなければ、黙って私についてきてください。声を聞かれると、まずいでしょう？」

…え？

怒ってるんじゃなくて？

もしかして、心配してくれたの？

「早くしてください」

動かない昌弥に、岩根は言葉をかぶせる。昌弥は慌てて岩根のあとについて、エレベーターに向かいながら、小さくお礼を言った。

「…ありがとうございました。岩根さんがいなければ、俺…」

「何を言っているのか、まったく分かりません」

岩根は淡々と答える。

「とにかく、早くエレベーターに乗ってください」

「あ！」

昌弥は叫んだ。

「でも、エレベーターに乗ったら、俺が日にち間違えたこと…」

「そんなの、とっくに加納が回しているに決まっているでしょう。植木のことです。物見《ものみ》遊山《ゆさん》気分にでもなって、あなたを探していたにちがいありません。まったく、あの男は救いようがない」

…やっぱり、トゲがある。

もしかして、植木と岩根は、仲が悪いのだろうか。

だから、コンビを解消してしまったとか？

「私も今日はすることがありません。とにかく、事務所以外のところで、じっくりと聞かせてもらいましょう。なぜ、あなたが植木の背広を抱きしめていたのか、をね」

「あれはっ…」

別に抱きしめていたとかじゃなくて！

どんなトワレなのかな、と思って、ただ手に持っただけで…。

ああ、ちょっと待って！

こんなこと言えない。言えるはずがない。

だって、言ったら、岩根のトワレのことまで話さなきゃならない！

どどど、どうしたら…。

エレベーターが音を立てて開いた。幸い、中にはだれもいない。岩根がさっと中に入り、開ボタンを押して、待ってくれている。

ぎゃーっ、俺のバカバカバカ！

こんなの、新人の自分がしなきゃなんないのにっ！

「すみません！　俺が…」

「一つ。社会人にもなって、俺、とか言わないように。あなたには常識がないのですか？二つ。あなたは新人とはいえ、一応弁護士で、私は秘書です。エレベーターのボタンごときでそんな卑屈《ひくつ》な態度を取られては困ります。三つ。あなたは男色家ですか？」

ダンショクカ？　何それ？

きょとん、とした顔をしたら、岩根が言い直した。

「あなたは、ホモセクシュアルなのですか？」

「ちがいます！」

昌弥は即座に否定した。

「さっきのは…あれは…」

「そんなに大声で叫ばなくても聞こえます。それに、植木に抱かれたいと思っているのは、別にあなただけじゃないから、驚くことでもありません。必死に否定すればするほど、怪しく見えるものですよ」

「でも、ちがうんです！」

背広をぎゅっと抱きしめているように見えたからだろう。岩根は疑い深そうに、昌弥を見る。

「では、あなたは、好きでもない、抱かれたくもない、それも男の背広を抱きしめる癖があるのですか？」

それを言われると、返事ができない。

昌弥は、ぐっと押し黙った。うつむこうとしたところで、あごをつかまれる。

ぐいっ、と顔を上げられて、岩根と目が合った。

何を考えているか、まったく分からない表情。ただの秘書のはずなのに、実は植木よりも恐れられていたのは、この無表情のせいかもしれない。

「植木の好みはタヌキ顔です。目が垂《た》れていて、その上、大きくて、かわいげのある顔。あなたは、まったくちがう」

ただの観察結果を述べるように、岩根は淡々と言う。

「どちらかといえば吊《つ》り目。そして、二重《ふたえ》。鼻筋は通っていて、唇はちょっと厚くて官能的。タヌキというよりは、そうですね」

岩根は視線を上げると、すぐに戻した。

「豹《ひょう》」

「豹？　お…」

俺、と言いかけて、昌弥は慌《あわ》てて言いかえる。

「ぼくがですか？」

「そう、豹です。少なくとも、猫科の動物。あなたは、植木の好みじゃありません」

「だからですね…」

好みじゃなくても、一向に困らない、と答えようとして、さえぎられる。

「私は猫科が好みですよ」

ふいに、岩根の目が細められた。

笑顔、というわけではない。ただ、細めただけ。

なのに、表情が変わった、という、ただ単純なその事実に、昌弥は驚く。

驚いて、口がきけなくなる。

だって、岩根のこんな顔、見たことがない。

「うちの事務所の看板は植木です。それは、だれもが認めています。そして、あの男には節操《せっそう》というものがない。それも、みんなが知っています。たとえ、タヌキ顔が好みでも、猫科にせまられたら、その相手を襲う、下半身の我慢なんかとは無縁《むえん》の男。つまり」

岩根はますます昌弥の顔を上に向けた。

「こんな顔の整った豹が近寄ったら、遠慮なんかしない、ということです」

「あのっ…ホントに…」

誤解なんです、と首を振ろうにも、あごを押さえられているせいで、動けない。

「このぐらい美人の豹なら、だれでもその気になるというもの」

岩根は謎《なぞ》の言葉をつぶやくと、昌弥を見つめる。

「植木はあきらめてもらいましょう。いくらとんでもない男でも、つぶすわけにはいきません」

あきらめる、とか、あきらめない、とかじゃなくて！

ちがうって、さっきから言ってるのに！

「その代わり、私が相手をしますよ。それでいいでしょう？」

相手？　相手って、なんの!?

ていうか、さっきから、この人は何を言っているのーっ!?

「満足させてあげますよ」

言うなり、岩根の顔が近づいてきた。

状況の判断ができずに、昌弥はぱちぱちと目を何度もまたたかせる。

「きれいな目を、していますね」

ふっ、と、今度こそ本当に岩根が笑った。昌弥の目が、見開かれる。

だから、気づくのが遅れた。

何かが唇を覆《おお》っている、と気づいたときには、避《さ》けられる状態じゃなくて。

腰に手を回されて、あごをつかまれて。

そして、唇を吸い上げられた。

昌弥の体が、びくっ、と震える。

すぐに唇が離れて、また覆われる。そのたびに、昌弥は硬直しては、体をびくりと震わせて。

抵抗する、ということを思いついたのは、何度目かのキスのあと。

唇を優しく包み込まれて、昌弥は弱々しく岩根の胸を押し返した。

体に、力が入っていない。

キスって、こんなになるものなの？

頭がぼーっとする。

体全体が、ほわん、としている。

昌弥の手の動きで、岩根はやっと昌弥を離した。自分のあごに手を当てて、ふーん、と昌弥を見る。

「…慣れてない豹ですか」

カッ、と昌弥の頬が赤くなった。

慣れてない、の意味が分かって。

あのちょっとしたキスだけで、岩根に悟られてしまったのだ。

自分に経験がほとんどないことを。

…ほとんど、じゃない。

キスするのすら初めてなのも、見抜かれてしまったかもしれない。

だって、だって、だって！

彼女なんていたことがないから、しょうがないだろーっ！

「まあ、でも、それを慣らすのも、おもしろいですね」

岩根は謎めいた言葉をつぶやく。昌弥はもう、何も答えられない。

「さて、行きましょうか」

昌弥の心の叫びなど届くはずもなく。岩根は平然と、エレベーターから出た。いつの間にか、地下の駐車場についていたらしい。

…でも、なんで、駐車場？

「ど、どこにですか？」

岩根のあとを追いかけながら、昌弥は聞いた。岩根は答えない。しばらく歩くと、銀色に輝《かがや》くスポーツカーがあった。岩根はキーを取り出す。

「乗りなさい」

岩根はそう言った。昌弥はためらう。

乗ったら、どうなるの?

どこに、連れて行かれるの?

「クビになりたくないんでしょう?」

からかうような調子。そこで、初めて気づいた。

岩根の口調が、少しずつ変わってきている。

ほんとにかすかなものだけど。

淡々とした、抑揚のないものじゃなくなってきている。

「乗らないと、クビですか?」

「さあ、それはあなたが判断すればいいことです」

岩根は肩をすくめた。そんなしぐさも、初めて見る。

昌弥は、助手席のドアを開けた。

乗っても乗らなくても、きっとクビにはならない。

だけど。

もう少し、見ていたかった。

自分の知らない岩根を、もう少しだけ。

「いい子ですね」
岩根はまた目を細める。
ただそれだけなのに、昌弥の心臓が、ドクン、と跳ねた。
この人にキスをされたのだ。
それも、初めてのキスを。
ハンドルを握る岩根の横顔を見ながら、昌弥はふいにそんなことを思った。
そう考えただけなのに、なぜか心臓の鼓動《こどう》が速くなった。

第2章　媚薬に乱されて…

2, It is disarranged by the philter

秘書というのは、儲《もう》かる職業なのだろうか。

そう思うほど、岩根のマンションは豪華なものだった。広いエントランスを抜けて、エレベーターで最上階へ。いくら、一人暮らしの経験がない昌弥でも、上の階に行けば行くほど家賃が高いことぐらい知っている。

マンションの各部屋に入る前に、小さな門のようなもの。その門から玄関までのスペースがかなり広く、ほかの部屋の人たちは自転車などを置いている。岩根のところは何も置いていない。ガーデニングもできそうだ。

中に入って、広い玄関の壁一面が靴箱。廊下の先には、リビングが見える。

「お邪魔します…」

昌弥は小さくつぶやいた。築三十年は越し、そろそろ建てかえを、という話も出ている木造の狭《せま》い一軒家に住んでいる昌弥にとって、こんな高級マンションは敷居《しきい》が高すぎる。どこかを傷つけたりしたら、損害賠償《そんがいばいしょう》を請求されそうだ。

「どうかしましたか?」

おずおずと歩く昌弥を見て、岩根が声をかける。やっぱり淡々としたしゃべり方だけれど、しばらくしゃべって慣れてきたのか、ちょっとした変化が分かるようになってきた。これは、いぶかしんでいるのだ。

「い、いえ、俺、あ、すみません…」

思わず、俺、と言ってしまって、昌弥は、はっと口を押さえる。岩根がどうでもよさそうに肩をすくめた。

「プライベートでは、自分のことをなんと呼ぼうと、私には関係ありません。会社ではやめてください、と言ったまでです」

ああ、そうか、と昌弥は納得した。まさか、依頼人の前で、俺、と言うわけにもいかない。

「でも、なるべく気をつけます」

普段の言葉づかいが、会社でそのまま出てしまったら困る。

「それで、続きなんですけど、ぼく、こんな高級なところ入ったことなくて。何か壊したらいやだなあ、と思ってたんです」

岩根は眉間《みけん》に皺《しわ》を寄せて、昌弥を見た。

「…あなたは歩くだけで、物を壊せるんですか？」

「…たまに」

何もないところでつまずくなんて、昌弥にはお手のものだ。そのとき、バランスを崩《くず》して、何かを落とさないともかぎらない。

「あの、今日のことで十分分かってらっしゃると思いますけど、ぼく、すごいドジなんです。だから、人の何倍も気をつけなさい、といつも注意されて、そうしてるつもりでも、うまくいかなくて。だから…」

「じゃあ、どこに何があるのか把握《はあく》すればいいということですね」

岩根はつぶやくと、昌弥を見た。

「一回しか説明しないから、覚えてください。司法試験に通るくらいですから、頭は悪くないんでしょう？」

「…たぶん、そのはずです」

「じゃあ、いきます。まずはこの部屋」

玄関を上がってすぐ左にドアがあった。そこを開けると、真四角の小さな部屋。壁全部に本棚が置かれていて、主に法律関係の本が並んでいる。

「書庫のようなものです。倒したりする危険性があると判断したら、入らないでください」

「…はい」

本棚を倒すことは、さすがの昌弥でもないだろうけど。本を落とすことぐらいはありそうだ。でも、読んでみたい。興味深いものがたくさんある。

「見たかったら、あとでじっくり見てください。つぎ」

岩根の言葉が、だんだん短くなっていく。ぶっきらぼう、と言うのが一番ふさわしい。だけど、冷たくて丁寧な言葉を話されるより、こっちのほうがなぜかほっとする。

「向かいが洗面所と風呂《ふろ》」

書庫と向き合う位置に、またドア。そこを開けて、岩根が中を指さした。さすがに高級マンションだけあって、洗面所とお風呂も広くてきれいだ。きょろきょろと見ていたら、手をつかまれた。

「だから、見たかったらあとからじっくり見なさい、と言ったでしょう? 書庫の隣がトイレ」

やはり、律儀《りちぎ》にドアを開けてみせる。昌弥はこくこくとうなずいた。そのまま、ぐいっと手を引っ張られる。

「そして、廊下の突き当たり右手がオープンキッチンで、あなたの目の前にあるのが、リビングダイニング」

「わー、広い!」

優に二十畳はある。家具はダイニングテーブルと、ソファーセットのみ。テレビとDVDレコーダーが、隅にぽつんと置いてある、シンプルきわまりない部屋。いかにも岩根らしい。

「で、ここが寝室」

リビングの左手にドアが二つ。その一つを開けて、岩根は言った。中には、ベッドと、ベッドサイドテーブルにスタンドしかない。広い部屋が、ますます広く見える。

「あと、ここが仕事部屋」

もう一つの部屋は、このきっちりと整理されているマンションの中で、唯一、ごちゃごちゃしている部屋だった。パソコンが二台、プリンター、スキャナーなどの周辺機器と、あとはオーディオ類とCDラック。床には紙が何枚も落ちている。

昌弥はほっと息を吐いて、胸を撫《な》で下ろした。

「よかったです」

「よかった？　何が？」

「岩根さんも、人間なんだな、って思えました、この部屋見て。どの部屋もきれいすぎるから、歩くのやめようかと真剣に考えてたところです」

「まあ、歩かせませんけど」

「や、やっぱ、壊しそうですか？」

「いえ、そういう意味じゃなくて」

岩根は少しだけ唇のはしを上げた。

もしかしたら、これで笑っているのかもしれない。

「あなたは、自分がなぜここに連れてこられたのか、分かってないんですか？」

なぜ…？

なぜって、それは…。

「あー！　思い出した！」

背広を持っていたせいで、何か誤解をされているのだ！

そして、そして、そして！

私が相手をしてあげましょう、とか言われて…。

その上、キスまでされたんだったーっ！

高級マンションの中身に驚きっぱなしで、忘れてた。

どうしよう。逃げなきゃ、とんでもないことされちゃう！

岩根は目を細めると、さっきからずっとつかんでいた手に、力を込めた。昌弥が振りほどこうと、軽く手を振る。

「あの…離してもらえますか？」

「そう言われて、私が離すとでも思ってます？」

岩根は間を置いて、ささやいた。

「ねえ、昌弥？」

ドクン、と、心臓が飛び出るかと思うぐらい跳ねた。

なななな、なんで、名前知ってんの!?

ていうか、名前呼ばれただけで、なんで、こんなにドキドキすんの!?

「花山昌弥。二十四歳。大学四年で司法試験に合格。その後、一年半の研修を経て、山野法律事務所に就職。大学卒業時の成績はオール優。卒論は『未必《みひつ》の故意《こい》における、殺意の有無《うむ》を判断する根拠《こんきょ》のあいまいさについて』。資格、普通自動車免許、TOEIC922点、趣味、釣《つ》り。何か間違ったところでも？」

昌弥はあぜんとしながら、首を横に振った。履歴書に書いたことを、岩根はすべて覚えているらしい。

「ちなみに、卒論も読ませてもらいました。おもしろかったです。あと、昌弥は帰国子女《きこくしじょ》だったりします？」

「いえ、ちがいます」

昌弥、と呼ばれるたびに、心臓が跳ねる。

どうして？

友達にだって、いままで呼び捨てにされてきたのに。

「ふーん、じゃあ、耳がいいんでしょうね。日本人が英語ができない最大の理由は、英語と日本語の音の波長がちがうから、と言われています。どうも、あの波長をうまく聞き取れないらしくて。帰国子女じゃないのに、TOEIC922点はすばらしいですね。ちなみに、植木と私は満点ですが」

「やっぱり、お二人ともすごいですね」

昌弥は感心して、そうつぶやいた。

TOEICで満点を取るのは、帰国子女でも容易《ようい》ではない、と聞くのに。

「負けたほうがおごる、という勝負をしましてね。二人とも負けずぎらいなものだから。満点なら負けないだろう、という単純な考え方です」

だからといって、本当に満点を取れる人が、そうそういるはずもない。

「ところで、のどがかわいたでしょう?」

話している間に、いつの間にか、冷蔵庫の前に連れて来られていた。一人暮らしとは思えない、大きな冷蔵庫。その中から、岩根は小さなビンを取り出す。

「海外にいる叔父《おじ》が送ってくれたんです。とても珍しいものだと言ってました。甘いジュースは好きですか?」

「大好きです!」

昌弥は甘いものに目がない。学生時代は、女の子のグループに入れてもらって、ケーキバイキングを楽しんだりしたものだ。

「じゃあ、どうぞ。私は甘いものがダメなんですよ」

岩根は昌弥の手を離さないまま、片手で器用にビンのふたを開けると、昌弥に差し出した。緊張しっぱなしのせいか、のどがからからだった昌弥は、一気にそれを飲み干す。

「どうですか?」

岩根が興味深そうな顔で、昌弥を見ている。昌弥はごくんとのどを鳴らすと、顔をしかめた。

「甘いですけど、なんか、薬くさい…。ああ、あれみたいです。滋養強壮剤《じようきようそうざい》っていうんですか？　よく薬局で売ってるやつ。あんな感じの甘さがします」

「へえ、甘いんですか」

岩根が目を細めた。

「それは、初耳」

「え、だって、岩根さん、甘いって…」

そこまで言って、やっと昌弥は気づいた。

だまされたのだーっ！

「叔父が送ってくるものは、とんでもないものが多いんですよ。まあ、毒ではないから安心してください」

「…これ、なんなんですか？」

空《あ》けてしまったビンを眺めながら、昌弥は小さな声で聞いた。

サソリをつけたお酒、とか、そんなのだったらどうしよう！

「媚薬《びやく》」

今度こそ、完全に岩根は微笑《ほほえ》んだ。

そのあまりのきれいな笑顔に、昌弥は見とれる。

岩根の言葉の意味を理解したのは、寝室のドアが開けられたと同時。

媚薬？　媚薬って、あの媚薬？

体がとんでもないことになる、あの媚薬!?

「ほほほ、本物…」

「かどうかは、私にも分かりません。だから、実験しましょう」

ぐいっ、と手を引かれて、寝室の中に入らされた。そのまま、ドアが閉められて、カーテンが引いてある部屋の中は、薄暗くなる。岩根が壁のスイッチを押すと、間接照明がほのかに部屋を照らした。

「液体だから十分もすれば効いてくる、と言っていたけど、どうですか？」

「あ、あの、俺、帰らせて…」

昌弥はドアのほうへ行こうとする。だけど、岩根は手を離さない。

「実験は別の人としてください！　俺は帰ります！」

びっくりしたり、呆然《ぼうぜん》としたり、あぜんとしたりしていたから、いままで岩根のなすがままだったけれど。

媚薬を飲まされて、寝室に入れられて。

そうしたら、急に岩根の言葉が現実味を帯《お》びてきた。

ホントに媚薬だったら、どうなってしまうの？

岩根は自分を抱くの？

どうして？

だって、俺は男なのに⁉

「いやです！　帰ります！」

なんで、なんで、なんで。

なんで、こんなことになってるの⁉

「媚薬が本物だろうとにせものだろうと、そんなこと私には関係ないんですよ」

またもとの、淡々としたしゃべり方にもどって、岩根はそう言った。

ただそれだけなのに、怖い。

どうして？

どうして、またもとの口調に戻っているの？

怒っているように見えるのは、自分の気のせい？

でも、怒られる理由が分からない。

媚薬を飲まされるほど、怒られる理由なんて、ないはずなのに。

「本物だったら、昌弥が楽なだけ。痛みがないですからね。私がエレベーターの中で言ったことを覚えていますか？」

覚えてる。

覚えてるから、怖くなったのだ。

私が相手をしましょう、と。

そう、岩根は言ったから。

「植木に抱かれたい、ということばかりを考えてもらっていては、業務にも差《さ》し障《さわ》りが出ます。体だけなら、私が満足させてあげましょう。植木にはおよばないかもしれませんが、私もそれなりに遊んできました。セックスに関しては、自信があります」

セックス、という単語が、岩根の口から出たことに驚いて。昌弥はまじまじと岩根を見つめた。

してないわけがない。

こんなにかっこよくて、頭もよくて、人気があった人が、したことがないわけがない。

だけど、ストイックな雰囲気を持つ岩根は、セックスとは縁遠《えんどお》いところにあるような気がしていたから。

植木なら分かる。植木が遊んでいた、というのは納得できる。

なのに、岩根も？

岩根もそうなの？

「男を抱くのは初めてですが、美人の豹なら問題ありません。猫科は好みです。楽しませてもらいましょう」

昌弥の腕をつかんでいた手を、つーっ、と滑らせた。

びくん。

昌弥の体が大きく震える。

「おや、たまには本物を送ってくることもあるのかな？」

岩根は人差し指で、昌弥の腕を何度か撫でた。そのたびに、びくん、びくん、と昌弥の体が動く。

昌弥は、もう、パニック寸前だ。

どうして⁉

体が熱い。のどが渇《かわ》く。吐く息に熱がこもっている。

そして、腕に触れられるたびに、体の中を、電流のようなものが駆《か》けぬける。

「や…だ…」

昌弥は岩根の手を振り払おうとした。なのに、体に力が入らない。それどころか、振り払おうとしてこすれた部分から、また電気が走る。

「やっ…どうして…」

熱い、熱い、熱い。

体が熱い。

あごをつかまれて、昌弥は、びくびくっ、と体を震わせた。

立っていられない。

昌弥は岩根にもたれかかる。

「おやおや」

岩根のからかうような声がした。

「もしかして、あれ一本は多すぎたのかもしれませんね。というよりも、本物だったことのほうが驚きです。でも、まあ」

あごを上に向けられて、そのまま手を唇に滑らされた。いままでで一番の衝撃が、体の中を襲う。

「いやぁっ…」

ガクン、と膝が落ちた。それを見越していたかのように、腕をつかんでいた手が、いまは昌弥の腰を支えている。

「これで、おたがいに楽しめますよ」

反抗する気も、逃げる気も、昌弥にはもうなかった。

ただ、この熱を。

体の中央から、間断なく発散されるこの熱を。

ただ、どうにかしてほしかった。

ベッドの上に寝かされて、シャツのボタンを外された。スーツの上はとっくに脱がされている。

「あとからいっぱい触ってあげますから」

そう言いながら、岩根はあまり昌弥の体に触れないように、細心の注意を払ってシャツを脱がせた。

「ただ脱がせてるだけなのにイカれても、おもしろくないですしね」

ズボンと下着はもっと慎重《しんちょう》に。自身をさらされて、隠したいのに、手が動かない。

「すごい効き目ですね」

感心したように言われて、昌弥はカッと頰を染めた。さっき腕と唇を触られただけなのに、もう昌弥自身が変化していたからだ。

「一回、先にイカせてあげましょうか?」

昌弥はぶんぶんと首を横に振った。

そんな屈辱的《くつじょくてき》なこと、死んでもいやだ!

体の自由さえきけば、いますぐここから逃げ出したいくらいなのに。

「セックスの経験は?」

ない、と答えるのもしゃくな気がして、昌弥は黙って目を伏せた。

「まあ、いいでしょう。この媚薬が効いてる間は、そんなの関係ないですから」

岩根は自分も洋服を脱ぐと、昌弥の上に覆いかぶさった。体が触れただけなのに、昌弥の体が跳ねる。

「…もともと感じやすいのか、それとも、あの媚薬がすごいのか、微妙ですね」

「ちがっ…媚薬のせいで…」

言葉にも、自然にあえぎが混じり、甘くなる。

初めてでこんなになるはずがない。

全部全部、媚薬のせいだ。

「じゃあ、いつもはこんなに感じない？」

「知らなっ…」

昌弥は首を振る。

「ああ、そうですね。普通はする側だから、分かりませんよね」

する側もされる側も、何もしたことないけど。悔しいから、そんなこと言わない。

「じゃあ、ちょっと口開けてみて」

唇を触られて、昌弥の口は自然に開いた。触られるたびに、電流が走る。

どうして、こんなにどこもかしこも感じてしまうのだろう。

媚薬というのは、そんなにすごいものなの？

「いい子ですね」

岩根の言葉が、やわらかい。

こうなってみて、分かったこと。

岩根はセックスのときには、表情も口調も変わるらしい。

あの怜悧な印象がまったく消えて、一気に人間らしくなる。

人間というより、男。

植木と同じ匂いのする、危険な感じの男。

遊び慣れているというのも、うそじゃないのだろう。

上唇をちゅっと吸われた。それから、下唇まで優しく包まれる。そのまま引っ張られて、優しく離された。それを、何度か繰り返される。

ただ、吸われているだけなのに。

それも、優しくされているのに。

唇が、じんじんとし始めた。昌弥の口から、小さな声が漏れる。

「あっ…んっ…やぁっ…」

「そんなかわいい声を出されたら、もっといじめたくなっちゃいますよ?」

岩根は目を細めて、舌で昌弥の唇を舐めた。そのまま、するり、と舌が中に入ってくる。

「んーっ…んっ…んっ…」

はじめは驚いて目を見開いていた昌弥も、岩根の舌が上顎をくすぐるころには、また体の熱に逆らえなくなった。舌を絡められて、昌弥もおずおずとそれに応える。

舌のやわらかさが、気持ちいい。

舌が中をまさぐる間にも、唇はずっと吸われっぱなしで、ちょっとふくらんできた気すらする。中も外も岩根に触れられて、体の熱がまた上がった。

耳を触られて、昌弥はのけぞる。中に指を入れられると、のけぞる角度が大きくなった。

岩根はもう一度昌弥の上顎をくすぐると、舌を引き抜いた。

「いけない子ですね」

そう言いながらも、岩根の目は笑っている。

「感じすぎたからって、人の体に爪《つめ》を立てたらだめですよ。私だって、痛いでしょう？」

「だって…」

どうなってしまうか、分からなかったから。

どこか違う場所へ、心ごと行ってしまいそうだったから。

「そんなうるうるした目で私を見ても、許してあげませんよ」

ピン、と額《ひたい》を弾《はじ》かれた。痛いはずなのに、その痛みの中にすら快感がある。

いやだ。こんなのいやだ。

こんなの、自分の体じゃない。

なのに、体はつぎの愛撫《あいぶ》を期待している。

どこを触ってくれるのか、岩根の手を待っている。

「そんなことをするいけない子の手は、縛《しば》ってしまいましょうね」

「やっ…」

昌弥は逃げようとするのに、体にまったく力が入らない。両腕をまとめられて、さっき脱がされたシャツで、やすやすと縛られてしまった。もがいても、ほどけない。

「やだっ…やぁっ…ほどいてっ…」

「かわいいおねだりを、聞いてあげられなくてすみません。私も痛い思いはしたくないですから」

「もうしないから…約束するからっ…」

「だめですよ」

岩根はまた耳を触った。昌弥の体がびくびくっとなる。

「耳だけでこんなに感じてしまう子が、そんな約束守れるわけないでしょう?」

耳をいじっていた手を、岩根は下ろしていく。縛った昌弥の手を頭の上に置くと、岩根は昌弥の裸をじっと見つめた。

「色が白いですね。昔、野球部だったんでしょう?」

岩根が自分の情報をどれだけ知っていようと、もう昌弥は驚かない。履歴書に書かれたことは、きっと、全部覚えられているのだから。

「高校までしか…やってない…」

視線だけで、あえぎが出そうになって、昌弥はどうにか普通に言葉を発する。

「白いほうが、いやらしくて私は好きですよ。ほら、ここが」

ちょん、とつつかれた部分は、いままでとは比べものにならないくらいの快感を昌弥にもたらした。

「あぁぁっ…いやぁっ…」

びくん、びくん、と何度も体を震わせる。岩根がくすりと笑った。

「媚薬のせいだけだったらいいですけどね。もともと感じやすいとかじゃないんですか？ここ、彼女にいじられたこととか、ありません？」

また、乳首を、ちょん、とつつかれた。つつかれるだけなのに、昌弥の体は震え続ける。

「ないっ…やっ…いやぁ…」

触られた余韻《よいん》が、体中を駆け巡《めぐ》っている。乳首がこんなに感じるなんて、絶対に普通じゃない。

媚薬のせい。

絶対に、あの媚薬のせいだ。

「へえ、めずらしい。何人かと経験してれば、そのうち一人ぐらい、ここをいじりそうなものですけどね」

「だれともっ…」

昌弥は訴《うった》えるような目で岩根を見た。

セックスの経験がない、と告げる恥ずかしさよりも、経験がある、と思われて、いろいろな意地悪をされることのほうが、いまの自分にはつらい。

セックスの駆け引きなんて、知らないから。

どんなことをするのか、分からないから。

正直に言おう。

そうしたら、岩根の行動も変わるかもしれない。

「したことないからっ…だから…」

昌弥は目を伏せる、

「あんまりひどいこと、しないでください…」

一瞬、岩根の動きが止まった。

どうしよう。初めてだって言ったから、あきれられちゃったのかな。

そんなのめんどくさい、といやがられちゃったのかな。

心配になって顔を上げたら、岩根が微笑んでいた。

「…バカですね、昌弥は」

さっきよりも、いっそう優しく岩根がささやいた。昌弥がほっとした瞬間。

キュッ、といままでよりも強い力で、乳首をつまみ上げられる。

「あっ…いやっ…いやぁ…」

そのまま、乳首を指で転がされて。岩根の指が動くたびに、昌弥の体が跳ねた。

全部の意識が乳首に集中する。

「そんなかわいい顔で、かわいいこと言ったら、ひどいことされるに決まっているでしょう? そうですか。昌弥は経験がないんですね」

なぜか満足そうに岩根はうなずくと、もう一方の乳首にも指を伸ばされた。昌弥の体が逃げようとずり上がる。だけど、逃げられるわけもなくて、指で挟み込まれた。そのまま左右に揺すられて、乳首がピンととがり始める。

「だめっ…だめぇ…」

昌弥はぶんぶんと首を振った。両方の乳首を責められて、もうあえぎ声しか出せない。

ピン、ピン、と単調に弾かれたり、かと思えば、少し強めにつぶされたり、爪を立てられたり、ゆっくりと回されたり。

あらゆる手段で乳首を責められる。つつましやかだった乳首は、いまはぷっくらとふくらんで、岩根の指の間で、その存在を主張していた。

「ああ、いじりやすくなってきました。ほら、昌弥、見てごらん」

甘い声であえぎ続ける昌弥に、岩根はそう声をかけた。昌弥は目を落として、岩根の指がいじっている自分の胸を見下ろす。

「分かりますか？」

岩根は右の乳首から指を離した。乳首ばかりか、乳輪までもが赤く色づいている。きゅっ、と縮《ちぢ》んだ乳輪と、つんとがった乳首のコントラストが、自分で見てもいやらしい。

「さっきまで、ピンクでつつましやかだったのに。いまは、こんなに固くなって、私の指に触られたがってる。ほら、こうやって揺らしてあげると」

岩根は昌弥の乳首を、思い切り指で弾いた。昌弥の乳首はふるふると大きく揺れて、そして、またもとの位置に戻る。

「すごくいやらしく動くでしょう？　こっちも」

岩根は左の乳首もさらした。ぷつん、と上を向いている乳首を、ぎゅっと押さえる。すると、乳首はいったん乳輪の中に埋《う》もれるものの、左右に震えながら飛び出してきた。

「ね、こんなにかわいくとがるんですよ。触ってほしくてしょうがないんでしょう？」

ちがう。そんなことない。

乳首をいじられて感じるなんて、間違っている。

分かってるのに。

そんなこと、ちゃんと分かっているのに。

「触ってぇ…」

自然に言葉が出ていた。さっきまでずっといじられていた乳首は、離された瞬間から昌弥をさいなむように、じくじくと中からうずき始める。

乳首がうずく、という感覚を初めて知った。

きっと、一生知らなくてもいいものなのに。

「やっ…離しちゃやぁっ…もっと…」

こんなの、自分じゃない。

こんな恥ずかしいセリフを言って、いやらしいことをねだるのは、きっと、自分じゃない。

「じゃあ、指でいじりながら、舐《な》めてあげましょうか?」

岩根は目を細めた。それを想像しただけで、とろり、と昌弥の先端から蜜《みつ》があふれる。

さっきから、ずっと先走りを漏らして、濡れていたそこは、ちょっとでも刺激されたらイッてしまいそうだ。

乳首だけをいじられてイクなんて、そんなのいやなのに。

昌弥は夢中でうなずいていた。

「じゃあ、ねだって」

岩根は焦《じ》らすように両方の乳輪を撫で回しながら、昌弥にささやく。

「かわいく、お願いして」

「…舐めてくださいっ…」

恥ずかしさなんて、いまはいらない。

いまほしいのは、別のもの。

頭がしびれるほどの、快感。

「舐めるだけでいい？」

「…いじって」

「何を？」

「乳首をっ…」

言葉はつぎからつぎへとあふれる。乳輪だけをしつこく愛撫する指に、昌弥の理性なんか、とっくになくなっていた。

「だれの？」

「俺のっ…」

「じゃあ、全部つなげてねだってみて」

岩根はにっこりと笑った。

「それができたら、昌弥が満足するまでかわいがってあげますよ」

昌弥は唇を舌で舐めると、ゆっくりと言葉をつむいだ。

「俺の乳首をっ…指でいじりながら舐めてくださいっ…」

昌弥が言った瞬間に、両方の乳首をぎゅうっとつまみ上げられた、それだけで、また透明な液体が昌弥自身を濡らす。

つまみ上げた左の乳頭に舌を這《は》わされて、指ごと唇に含まれた瞬間。

「いやぁぁっ…」

昌弥は叫びながら放った。

前兆《ぜんちょう》も何もない、我慢することすらできない、突然の放出だった。

「乳首だけでイッちゃったの？　いけない子だね」

そう言いながらも、岩根は楽しそうに笑っている。今度は右の乳首を含んで、ちろちろと乳頭で舌を動かした。昌弥はイッたあとのだるい体で、それでも、その指と舌に反応してしまう。

一回イッたぐらいでは、まだ媚薬の効果は抜けないらしい。

それどころか、ますます感じやすくなってしまった気さえする。

カリカリと乳首を引っかかれて、昌弥は嬌声《きょうせい》を上げた。

「んっ…やだぁ…もっ…そこ…」

「おやおや、さっき、舐めたり触ったりして、とねだったばかりだというのに、イッてしまったら、そんなわがままを言うんですか？」

「だって…あぁっ…」

痛いくらいにつねられて、また昌弥自身が変化し始めた。

「だって、何?」

岩根に優しく聞かれて、昌弥は赤くなりながら答える。

「だって…そこ…じんじんするからっ…」

「じんじんする? かわいい言い方ですね」

岩根は乳首を口に含みながら、ふふっ、と笑った。離してくれる気配は、一向にない。

それどころか、甘噛みだったはずの愛撫が、だんだん強くなってきた。

痛いはずなのに、そんなことすら、昌弥の体は喜ぶ。

「要は、感じてる、ってことでしょう? だったら、やめませんよ。昌弥の乳首が、せっかく、大きさも固さもいじるのにちょうどよくなったんだから、もったいないですしね。まあ、でも、乳首だけじゃなくて、ほかのところもかわいがってあげますよ」

言うなり、岩根の手が、やわらかく昌弥自身を包んだ。さっきイッたのと、いま先走りが垂れているせいで、全体が濡れているそこを、わざと音を立てながら、ゆっくりとしごく。

「昌弥のは、ちょうど手に収まるぐらいでいいですね」

それは、あまり大きくない、ということなのだろうけれど、怒る気力もいまはない。

ただ、上下に動かされているだけ。

なのに、自身がどんどん硬くなり、先端からはあふれるようにつぎからつぎへと快感の印《しるし》がこぼれ、そして、また。

「あぁぁっ…」

昌弥は岩根の手の中に放った。岩根の舌の動きが止まって、それから、ようやく乳首を離してくれる。

「…そんなに強くこすってないですよね?」

昌弥はもう、泣き出してしまいそうだ。

どうして、自分の体なのに、自分の思うようにならないのだろう。

我慢しようと思ったのに。

どうにかこらえようとがんばったのに。

そんな意思とはまったく関係なく、触られたらもうダメだった。

「…ごめんなさっ…」

きっと、あきれている。

こんなに早く二回もイッてしまった自分を、きっと岩根はあきれている。

媚薬のせいだと分かっていても、昌弥は情けなくてたまらなくなった。

逃げ出したい、とまた思う。

ここから、いますぐ逃げ出したい。

岩根にあきれられるぐらいなら。

経験も何もなくて、すぐにイッてしまって、楽しくもなんともない。

そんなことを思われるぐらいなら。

いますぐ、いなくなりたかった。

ずっとずっと、あこがれて見つめていた相手に、そんなことを思われるぐらいなら。

ふわり、と髪を撫でられて。昌弥は目を上げた。初めて見る、岩根の優しい笑顔がそこにあった。

「昌弥が謝ることはありません。ちょっと待ってくれます？　我慢できますか？」

昌弥はこくこくとうなずいた。触られたら、すぐに反応してしまうけど、こうやってベッドに寝ているだけなら大丈夫。乳首はじんじんしているし、体は熱いし、どこかうずいているような気がするけど、それでも動かなければイッたりはしない。

岩根はもう一度、昌弥の髪の毛を撫でると、ベッドを降りた。脱いだスーツのポケットから、携帯電話を取り出して、どこかへかける。何コールかで相手が出たのか、いつものように、まったく抑揚のない声で、岩根はしゃべり始めた。

「例の媚薬ですけど、あれ本物なんですか？」

携帯の向こうでは、男が何かをしゃべっている。内容までは聞き取れない。

「毒じゃないんですね？　適量は？」

しばらくして。

「は!? たったそれだけ!? じゃあ、一瓶飲んだら…」

そのあとも、中和剤《ちゅうわざい》は、だの、ほかに方法はないんですか、だの、さんざん聞いたあとで、分かりました、とどうでもよさそうに言って、向こうが話している途中で岩根は電話を切った。携帯を放り投げると、昌弥を振り返る。

いつもの無表情。だけど、昌弥には分かった。

岩根は困っているのだ。

「叔父が送ってくるものはガラクタばかりですから、ちょっと気分がハイになるものを媚薬と言っているんだろう、とタカをくくっていたんですが。どうも、本物だったらしいです。人体にまったく害はないものの、かなり強力みたいで。あの瓶の十分の一ぐらいで、どんな貞淑《ていしゅく》な女でも足を開く、と笑いながら、叔父は言ってました。その量で効き目は一時間。つまり、昌弥は…」

十時間!?

そんなに、この状態が続くわけ!?

「その上、もっと悪いことに、量を飲めば飲むほど、感じやすさが上がるらしいです。あれを一瓶飲んだら、一晩中天国だ、とも言われました」

岩根は神妙《しんみょう》な顔になると、ぺこりと頭を下げた。

「すみません」

謝られて。

あまりに驚いて、昌弥はぱっと岩根を見た。岩根はしばらく頭を下げると、やっと顔を上げる。

たぶん、頭を下げていたのは、たった数秒。

だけど、岩根の心のこもった数秒だと、昌弥にもきちんと伝わった。

それだけで、すべてを許してしまえるほど。

謝らなくてもいいのに、と思ってしまうほど。

「きちんと確かめなかった、私のミスです。中和剤のことも聞いてみたんですが、そのうちおさまるさ、の一点ばりで。ただし、精液を相手の内部に注げば注ぐほど、効き目が薄れる傾向がある、という実験結果を教えてくれました。つまり」

岩根はベッドにギシッと音を立てて上がった。

「どうにかしたいなら、おまえが枯《か》れるまでやれ」

岩根は昌弥に覆いかぶさる。

「…だそうです。ほかに方法はないんですか、と聞き返しても、笑うばかり。それしかないなら、私も昌弥を楽にするために限界までがんばってみるつもりですが。本当に効くかどうかの保障はありません。それに、こんなに感じやすくなっているから、最初のうちは昌弥だけが何度もイクという事態もありえます。体がつらいかもしれませんが、我慢してくれますか？」

ひどい！　とか。

そんなの飲ませるなんて！　とか。

岩根を非難する言葉を言ってもいいはずなのに。

媚薬のせいにできるよ、という、心のささやきに勝てなかった。

いまなら、全部、媚薬のせいにできるんだよ。

何をされても、気持ちよくなっていいんだよ。

昌弥は目を閉じて、その心の声に従《したが》う。

「は…い…」

「…昌弥はホントにいい子ですね」

岩根は目を細めて、昌弥の頬を触った。びくん、と体が震える。

触られると、やはり、どこもかしこも感じてしまう。

それでも、岩根の口調が変わったことが嬉しくて。

また、あの優しい言い方に戻ったのにほっとして。

昌弥は岩根の手を止めずに、身を任せた。

頬から顎、首筋、胸、おへそ、そして、昌弥自身を避けて、岩根の手は下へ降りていく。

岩根に触られるたびに、昌弥の唇から小さなあえぎが漏れた。

大丈夫。

これは媚薬のせい。

だから、たくさん声を出して。

唇を噛もうとするたびに、岩根にそう言われて。最後には、昌弥は積極的に声を出すようになっていた。

声を我慢するよりも、出したほうが体が楽だと気づいたから。

「どこに何をするか、知ってますか?」

耳元でささやかれて、それだけで甘い吐息が漏れる。昌弥はうなずいて、岩根を見た。

「…だいたいは」

「そうですよね。植木に抱かれたかったんですから、知ってますよね」

「ちがっ…」

否定しようとした唇を、キスでふさがれる。舌を入れられて、昌弥は必死でそれに応えた。

ちがうのに。

全然、そうじゃないのに。

どうして、聞いてくれないのだろう。

どうして、勝手に納得してしまうのだろう。

さんざん中をなぶられて、岩根の舌が出て行った。

「もしかして、植木のために大事に取っておいたんですか？　キスも、それからセックスも」

いまのキスのせいで、舌がしびれて、うまく言葉にならない。

ちがう、ちがう、ちがう。

何度、否定すればいいのだろう。

何度、首を横に振ればいいのだろう。

「私を植木と思っていいですよ」

岩根はそう言って、また昌弥の唇をふさいだ。

「体格が似てるから、目をつぶっていれば分からないでしょうし」

あこがれと恋はちがうのだ、と。

植木にはただあこがれているだけだ、と。

どうやって伝えれば、分かってくれるのだろう。

ちがう、と言ってるのに。ホントに、全然ちがうのに。

「この媚薬は、痛みも快感に変えるものらしいですよ。つまり、もとから感じるところはもっと敏感に、そして、たとえ痛くても、それを快感と感じるように脳神経に働くらしいです。ですから、私がいまから昌弥の中に入っても」

ナカニハイッテモ。

中に、入る。

岩根が、中に入ってくる。

自分の、中に。

「ただ気持ちいいだけだから、安心してあえいでなさい」

昌弥はぎゅっと目を閉じて、こくん、とうなずいた。

これから何をされるのか、怖くて。

だけど、少しだけ期待もしていた。

体の熱が、どうにかなりますように、と。


足を広げられて、昌弥は体をよじって逃げようとしたけれど。

ここから先に進まないと、この熱は冷めない。

媚薬を飲んでから、きっとまだ、一時間もたっていない。あと九時間以上もこんな状態を我慢するなんて、ごめんだ。

そう思って、動きを止める。

「昌弥のここ、二回こぼしたもので、もう濡れてますよ」

岩根はそう言うと、いままでだれにも触れられたことがない場所に手を這わせた。くちゅ、とかすかに濡れた音がする。

「あっ…」

そんなところを触られているのに、やはり昌弥の体は快感しか感じない。蕾《つぼみ》をくすぐられて、ひくん、とそこがうごめいた。

「きれいなピンクですね」

「やだっ…」

昌弥はぶんぶんと首を振った。そんなところを見ながら、感想なんて述べないでほしい。恥ずかしい。

恥ずかしくてたまらないのに、また蕾が小さく開く。

「ほら、お口を開けて、私を誘ってる。待ってて。すぐにあげますから」

岩根は蕾を左右に広げると、中に指を一本、そっと滑り込ませた。

どう考えても痛い、はずなのに。

こんなところに指を入れられて、痛くないはずがないのに。

「あぁっ…」

昌弥はあえぎ声を上げた。昌弥の内壁が、待ち望んでいたかのように、岩根の指を締めつける。

ずっとうずいていたのはここだったのだ、と、昌弥に知らしめるように。

「おやおや、すごい歓迎ぶりですね」

岩根は楽しそうに、そう言った。指で入り口付近の内壁を、ぐるり、と撫で回す。昌弥の体が、びくん、と跳ねた。

「あっ…いやぁっ…」

きゅっ、と内壁が収縮する。それを掻《か》き分けるように、岩根の指は奥へ進んだ。

指が深くなるにつれて、昌弥のあえぎが高くなる。

「んっ…だめぇ…」

中を広げるように、指を左右に開かれて。初めて、指が増えているのに気づいた。二本の指に、昌弥は翻弄《ほんろう》される。

まとめて奥をえぐられたり、ばらばらに動かされたり、いろんな部分をこすられたり。そのたびに、昌弥の内壁は、ひくん、ひくん、と震えて、岩根の指に素直に反応した。抜かれそうになれば締めつけ、中に入ってくればゆるむ。そこに、昌弥の意思は存在しない。

気持ちいい、と思うことを体が自然にやっているだけだ。

「本当はもっと感じる部分があるんですけど、そこをいじると、昌弥はまたすぐにイッてしまうし、あんまりイクと、体が大変だろうから、もうちょっと落ち着いたら、じっくり開発してあげますね」

昌弥は、こくこく、とうなずいた。

昌弥自身はもう勃《た》ち上がって、濡れそぼっているけれど。いますぐにイクのは、さすがにつらい。

指がもう一本入ってきた。媚薬のせいか、三本目のそれを、昌弥の中は簡単に飲み込む。ぐちゅ、ぐちゅ、と濡れた音が、中から聞こえてきた。耳をふさぎたいのに、ふさげない。手は、まだ縛られたままだ。

「もう大丈夫かな」

岩根はつぶやくと、指を引き抜いた。その抜かれる感触すら、昌弥の体を熱くする。

何もなくなった内部は、ひくひくとうごめいて、新しい刺激を待ち望んでいる。それが、外から見ていても分かるのか。岩根は蕾をこすると、くすり、と笑った。

「そんなに何度もお口を開けて催促《さいそく》しなくても、すぐにあげますよ。ああ、またほころんできた。乳首と同じように真っ赤になった粘膜を見せつけるなんて、いけない子ですね」

昌弥の顔が真っ赤になった。

いつも冷静で、何事にも動じず、『静』の岩根と呼ばれていたのと、本当に同一人物なのだろうか。

朝、昌弥をバカにして、冷たく突き放したのと、本当に同じ人？

セックスをしているときの岩根は、饒舌《じょうぜつ》で、優しくて、そして、いやらしいことを平気で言って、昌弥を困らせる。

だけど、こっちの岩根のほうがいい、と思ってしまうのは、媚薬で、頭も体もとろけているせいだろうか。

だって、人間に見える。

精密機械、というあだ名までついた岩根じゃなくて。

ちゃんとした、人間に見えるから。

「大きく深呼吸してごらん」

昌弥は言われたとおりに、大きく息を吸って吐いた。昌弥の足を抱え上げて、タイミングを見計《みはか》らっていたのだろう。昌弥が息を吐いたとたん、ぐいっ、と熱い塊《かたまり》が昌弥の中に入ってくる。

「あっ…あぁっ…」

大きい。

まずそう思った。

指が三本入ったはずの内部は、一瞬、それを拒もうとして。だけど、すぐにゆるんで、中に導《みちび》いた。

大きくて、硬いものを、喜んでいる。

何度か出し入れを繰り返しながら、岩根はゆっくりと埋め込んでいった。中が、徐々にいっぱいになる。その感触に、肌が粟立《あわだ》つ。

痛みなんてまったくない。

内壁をこすられる気持ちよさに、昌弥の口からひっきりなしにあえぎに似た悲鳴が漏れた。

岩根が少しだけ大きく腰を引いて、それから、勢いよく全部を中に突き入れた瞬間。

「いやぁぁっ…」

また、昌弥は白い液体をこぼした。

三回目だというのに、まだ勢いを持って飛び出すそれを、岩根が少し驚いたような顔で眺めていた。


昌弥は息を整えながら、縛られた手で顔を覆った、こんなに短い間に三回もイッてしまった。薬のせいだと分かってはいても、恥ずかしいことに変わりはない。

「ああ、そういえば、縛ったままでしたね」

岩根がさっきと変わらない優しい口調でそう言うと、昌弥の手を縛っていたシャツをほどいた。そして、ちゅっ、ちゅっ、とキスを繰り返す。

唇に触れられるだけなのに、昌弥の体がびくびくと震えた。

「私のものが、中にあるのが分かりますか？」

岩根が腰を少し動かした。それだけで、昌弥の内壁が絡みつくようにうごめく。

「ああ、感じてるんですね。気持ちいい？」

「…はい」

昌弥は顔を赤らめながらも、正直に答えた。

奥に入れられただけでイッてしまったのだから、弁解のしようもない。

「動いてほしい？」

ぞくり、と体の奥から期待がこみ上げてきた。

中に入れられて、いっぱいにされているだけでもこんなに感じてるのに、動かれたらどうなってしまうのだろう。

「…動いてほしいです」

「いい子だね」

岩根が昌弥の頬を撫でると、そのまま手をずらして、昌弥の腰を持ち上げた。少し浮かせたまま、固定する。

「何回でもイッていいから」

そのささやきが、開始の合図《あいず》だった。

岩根は自分のものを入り口付近まで引き抜くと、そのまま一気に昌弥を貫く。

「あっ…いやっ…もっ…許してぇ…」

昌弥は岩根にしがみついた。

えぐられる。

その言葉が一番ぴったりするぐらい、何度も内壁をこすり上げられた。ずん、ずん、という振動が、頭まで響いてきそうだ。

「許す？　何を？」

岩根は昌弥を無造作《むぞうさ》につかむ。

「こんなに嬉しそうに、ここは涙をこぼしているのに？」

そろそろ、出すものもなくなってきたのか。さっきほど元気にではないけれど、昌弥のは、やはり勃ち上がって、先端を濡らし始めている。

岩根が自身を抜こうとするたびに、内壁がそれを阻《はば》むように収縮し、引きずり出されるかのように外に向かって引っ張られる。入り口付近の粘膜は、もうめくれて見えてしまっているようで、たまに岩根は指でそこを責めた。敏感な粘膜が、そうされることで、びくん、びくん、と震える。

さっきまで奥を突いていた岩根は、いまは浅いところで、抜いたり、出したり、を繰り返し、昌弥を焦らしている。ひくつく内壁は、どうにか岩根を取り込もうとするのに、中にはくれない。

「いやっ…もっ…いやぁ…」

昌弥は腰を揺らした。

もっと奥にほしいのに。

中をいっぱいにしてほしいのに。

「いや、とか、許して、じゃ、分かりませんよ。もっとはっきりと、何をしてほしいのか教えてくれないと」

「中にっ…」

昌弥はますますぎゅっと、岩根にしがみつく。胸に顔を埋めて、ささやいた。

「中に…入れてくださっ…」

「入れるだけでいい?」

「…動いて…さっきみたいにしてっ…中を掻き回して、気持ちよくしてくださいっ…」

恥ずかしくて恥ずかしくて、岩根の顔が見られない。

だけど、奥が、ひくん、ひくん、と震えて、もう我慢できない、と昌弥に告げているから。

だから、昌弥は恥ずかしさをこらえて、そう言った。岩根が昌弥の顎をつかんで、顔を上げさせる。

「ぐちゃぐちゃに掻き回してほしい？」

「…ぐちゃぐちゃに掻き回してほしいです」

「奥の奥まで、私のものを埋めてほしい？」

「…奥の奥までください」

「中で、出してほしい？」

「…中でっ…」

昌弥はいったんそこで言葉を切ると、やっと岩根と目を合わせた。

「…中で、いっぱい出してくださいっ…」

「いっぱい、なんて言ってないのに」

岩根はくすりと笑った。

「昌弥は、なんていやらしくて」

昌弥の顔が羞恥《しゅうち》に赤く染まる。

「そして、かわいいんでしょうね。中でいっぱい出してあげますよ」

顎をくすぐられて、体がぞくぞくした。

岩根に触られている部分が、全部快感を運んでくる。

「私のものが、あふれるぐらいに」

岩根は軽いキスをすると、やっと中に入れてくれた。待ち望んでいたものを与えられて、

昌弥は満足の吐息を漏らす。

岩根はさっきよりも激しく動き始めた。奥をえぐるように、何度も腰を打ちつける。

二人の肌が当たる音と、中を掻き回す音を聞きながら、ああ、セックスしてるんだ、と昌弥はぼんやりと考えた。

岩根とセックスをしている。

ずっとずっと法廷で見てきた、あの岩根とセックスをしている。

それは、とても不思議な感覚だ。

「あっ…あっ…ああっ…」

ぐちゅ、ぐちゅ、と中を掻き回す音が響いて。いままでよりも、もっと岩根の動きが速くなり。

「…イクよ」

ささやくような声とともに、中の岩根が一回り大きくなったかと思うと。

ドクン。

岩根が、昌弥の奥で弾けた。

ドクン、ドクン、ドクン。

岩根のものが、断続的に昌弥の内壁を濡らす。

それを感じながら。

気持ちいい、とただそれだけを思った。
岩根とのセックスを、気持ちいい、と。

結局、媚薬の効果はかなり長い間続いて。
夜中ちょっと前。岩根の放出が七回を数えたところで、ごめん、と謝られた。
がんばってあげたいけど、もうこれ以上は無理、と。
「大丈夫？」
頬を優しく触られて、昌弥は、こくん、とうなずいた。
体はだるい。だるくてだるくてしょうがないけれど。
それでも、触られただけで反応することはなくなったから。
頬を撫でられて、素直に、気持ちいい、と思う。
快感とはちがう、安心できる気持ちよさ。
これは、媚薬が抜けたということだろうか。
だけど、まだ中に入っている岩根を、もっとほしい、と思ってしまう。
だから、全部は抜けてない。
でも、この調子なら、朝までには完全にもとに戻るだろう。

「朝はちゃんと起こすから、泊まっていきなさい。とはいっても」

岩根はくすりと笑った。

「起き上がる気力もないでしょうけどね」

最後のほうは、昌弥はもうイケなかった。ほんのちょっと勃ち上がるだけで、それ以上はどうにもならない。

空になる。

その意味を、自分で知る日が来るなんて、考えたこともなかったのに。

「起きたら、普通の体に戻ってますよ。私を信じなさい」

今度は髪を撫でられて、昌弥のまぶたが自然に閉じた。

冷たい手。

あれだけ動いて、汗をかいたはずなのに、それでもひんやりとしたままの手を、昌弥は心地いい、と思った。

安心できる、大きな手。

「おやすみ」

おやすみなさい、と言えたかどうか、自信はなかった。

その言葉を聞いたとたん、吸い込まれるように、昌弥は眠りに落ちていった。

第3章　今日から弁護士!

3, Lawyer from today

「起きてください」

揺り起こされて、昌弥は眠い目をこすった。

「起きないと、遅刻しますよ」

「遅刻!?」

昌弥はがばっと起き上がると、きょろきょろと辺りを見回す。

「目覚まし、三個かけてたはずなのに…」

「まだ寝ぼけているんですか?」

抑揚のない声に、昌弥ははっと気づいた。

そうだ!

昨日、とんでもないことをされたのだ!

「あ…あの…」

セックスをした翌朝、どういう顔をしていいか分からなくて。うつむいたまま、昌弥は言葉を探す。

何を言いたいのか、何を言えばいいのか、まったく頭に浮かばない。

あの、とか、その、を繰り返していると、冷たい声が響いた。

「昨日のことは、媚薬のせいだから忘れていいです。私も忘れます。今日から、私はあなたの秘書です。自分の立場を自覚してください」

「…はい」

昌弥はしゅんとしてうなずいた。

忘れる、と言ってくれているのだから、それが一番いいはずなのに。

ちょっとだけ悲しくなってしまうのは、どうしてだろう。

「私のスーツが着られるなら、もっと寝かせておいてもよかったんですが。あなたの体では無理でしょうから、家まで送ります。シャワーを浴びてきてください」

「あ、大丈夫です。自分で帰れますから」

ああ、分かった、と昌弥は思った。

セックスをしている間は優しかったから。

昌弥、と呼んでくれて、いとおしむような目で見てくれていたから。

勘違いをしてしまったのだ。

その関係が続くものだ、と。

これからも優しくしてもらえるのだ、と。

だけど、起きたら、昌弥がよく知っている、まったく表情を崩さない岩根のままで。

あなた、と呼び、抑揚のない言葉を話し、距離を置かれている。

(どうしよう…)

昌弥は心の中でつぶやいた。

泣いてしまいそうだ。

「まだ電車はありません。それに、そんな体の人間を、一人で帰すわけにはいきませんよ。とにかく、シャワーを浴びて、体をきれいにしてください」

きれい、と言われて、胸がずきんと痛んだ。

いまは汚い、と言われているようで。

こんな汚い体を抱いたのか、と後悔されている気がして。

昌弥は泣かないように、唇を噛みしめる。

ベッドを降りるときに、ふらっ、と体がよろめいた。手を出そうとする岩根に、大丈夫です、と首を振る。

「浴室にあるものは、好きなように使ってもいいですから」

「…ありがとうございます」

昌弥はうつむいたまま、岩根の横を通り抜けた。腰はだるいし、足には力が入らないし、媚薬が完全に抜けたせいか、中がずきずきと痛んでいたけれど。

皐くこの部屋から出たかった。

岩根のそばを離れたかった。

早足で浴室に入って、シャワーを頭から勢いよくかける。

ここなら、泣いてもいい。

「…っく」
昌弥は、嗚咽《おえつ》を漏らした。涙があとからあとからこぼれてくる。
セックスなんかするんじゃなかった。
媚薬を使われても、強引に家に帰ればよかった。
家で自分で処理をすればよかった。
どんなに体が熱くても、抱かれるんじゃなかった。
こんな思いをするのなら。
昌弥、と優しく呼んでくれた声を思い出す。
もう、そんなことは二度とない。
たった一夜かぎりの、まぼろし。
忘れよう、とそう思った。
優しかった腕も、声も、行為も、そして手の温もりも。
全部全部、忘れよう。
あれは媚薬が見せた夢。
現実には、起こるはずのないこと。
どろり、と中から、昨日の名残《なごり》がこぼれてきた。昌弥はその部分にシャワーを当てる。
全部全部、流れ出てしまえばいい。

昨日の記憶とともに。

昌弥は何度も何度も体を洗った。

肌が覚えている感触を、ぬぐいさりたかった。


家に送ってもらうまで、ほとんど口をきかなかった。道案内をするだけ。岩根も口を開かない。

「待ってますから、早く着替えてきてください」

そう言われて、逆らうのもめんどうになって、昌弥はうなずいた。研修中は徹夜したり、帰ってこなかったりはしょっちゅうだったので、両親は、昌弥が何時に帰ってこようが気にしなくなっている。今朝も、おはよう、と声をかけられただけだ。

自分の部屋に入り、スーツを着替える。このまま、ベッドの中に潜《もぐ》り込んで、眠ってしまいたい衝動を抑えて、昌弥は家を出た。車の中では、岩根がじっと前を向いたまま、昌弥を待っている。

あの中に、入りたくない。

気まずい思いをしたくない。

だけど、どうせ、事務所に行ったら、いやでも二人きりになるのだ。

忘れる、と決めた。

昨日のことは、なかったこと。

今日から、ただの弁護士と秘書の関係だ。

ドジな弁護士と、有能な秘書の。

「お待たせしました」

昌弥はどうにか普通の声を出すと、にこっと笑った。

「お言葉に甘えて、事務所まで送っていただきますね」

「ああ、はい」

岩根もまったく普通に答える。

「分かりました。それと、花山先生」

「はい？」

初めて、そんな呼び方をされて。昌弥はどきどきする胸を、そっと押さえる。

弁護士なんだ、と改めて思った。

ちゃんとしなきゃ。

ちゃんと、目標に向かって歩かなきゃ
じゃないと、追いつけない。

はるか先を歩いている植木には。

「仕事のときは、私は秘書です。秘書相手に、敬語は無用です」

「無理です」

昌弥は即座に答える。

「ぼくは、岩根さんを尊敬してます。植木先生のことを日本で一番優秀な弁護士として尊敬しているように、岩根さんのことは、日本で一番有能な秘書だと思ってますから。そんな人に、秘書についてもらえるのは、光栄《こうえい》きまわりないことです。だから、敬語を使うのはやめません」

「…そうですか」

一瞬だけ、岩根の表情がゆるんだ。

いや、ゆるんだように見えただけかもしれないけれど。

じっと岩根の顔を見つめていたら、岩根はいつもの無表情に戻って、車を発車させた。

体がだるい、とか、気まずい、とか言っていられない。

今日から、自分は弁護士になる。

それも、ずっとあこがれていた事務所で。

それ以外、何も考えまい。

昌弥はぎゅっと目を閉じると、それから、ぱっと開く。

目の前に見える道が、未来へ通じているような気がした。

事務所に着いて、車を降りて、エレベーターへ向かう。その間も、口をきかない。昨日と同じように、岩根がエレベーターを開けてくれた。ありがとうございます、と言いながら、昌弥は乗り込む。

十三階に着いて、岩根はさっさと先にエレベーターを降りた。続いて降りようとする昌弥を止める。

「花山先生はこのまま所長室へあいさつに行ってください。私は先に部屋へ行ってます」

「ああ、そうだーっ！」

昌弥は昌弥は叫んだ。岩根がいぶかしそうな顔をする。

「どうかしましたか？」

「俺っ…あ、ちがった、ぼく、昨日、所長に謝りもせずに…」

「その件なら大丈夫です。先生が飛び出されたあと、私がフォローしておきましたから」

淡々と言う岩根に、昌弥はまじまじと岩根を見た。

「…フォロー？」

「はい。それも秘書の役目です」

「ど、どうやって…」

「それは、あなたが知らなくてもいいことです。今日はちゃんとあいさつをしてきてください。仕事については、所長からお話があるでしょうから、よく聞いてくださいね」

「…はい」

あの状況をフォローしてくれたのだ。

きっと、あきれていたはずなのに。

こんな弁護士につかなきゃならないのか、と、暗澹《あんたん》たる気持ちになっていたかもしれないのに。

それでも、秘書だから、と割り切って。

すごいなあ、と思った。

この人は、本物だ。

負けないようにがんばらないと、と昌弥は改めて気合いを入れる。

この人にふさわしい弁護士に、早くなりたい。

「ありがとうございました」

昌弥は岩根に深々と頭を下げた。

「今度から気をつけますので、見捨てないでください」

「…見捨てたりはしませんよ」

岩根の小さなつぶやきは、ドアが閉まると同時に聞こえなくなった。

もしかしたら、あのあと、いやみの一つも飛び出していたかもしれない。

だけど。

見捨てない、と言われたことが嬉しくて、昌弥は微笑む。

まだ、ついていてくれる。

きっと、自分を導いてくれる。

岩根がそばにいてくれたら、なんでもできそうな気がした。

気のせいなのは分かっているし、自分ががんばらなきゃどうしようもないことも知っているけれど。

そばにいるだけで安心できる存在感、が岩根にはある。

「植木先生も、こんな気持ちだったのかな？」

もともと優秀ということもあるだろうけど、絶対に岩根がフォローしてくれる、と分かっていたから、負ける可能性の高い裁判でも、あんなに堂々と戦えたのかもしれない。

「よしっ！」

昌弥はパンパンと両頬をたたいた。

「がんばるぞーっ！」

今日から、やっと弁護士になる。しばらくは、依頼人を任せてもらったりはできないだろうけど。

それでも、職業としては弁護士だ。

はるかはるか、まだ後ろ姿さえ見えないあこがれの人。

その人に追いつくために、やることはいくらでもある。

エレベーターが開いた。

昌弥は元気よく、足を踏み出した。


「今日はちゃんと来れたのね」

加納がくすくす笑いながら、そう言った。昌弥は、すみませんでした、と改めて頭を下げる。

「昨日は、きちんと謝りもせずに帰ってしまって」

「ああ、そんなこと気にしないでいいのよ」

加納は手を振った。

「あなたが謝るよりも、もっとおもしろいものが見れたしね。いま、所長は資料室へ行ってるけど、すぐに戻ってくるから待ってて。そこのソファーにでもかけててくれる?」

「はい」

昌弥はソファーに座った。それから、さっきの加納の言葉で引っかかったことについて、質問する。

「ぼくが謝るよりも、おもしろいことってなんですか？」

「岩根が謝ったの。私が明日から出社という確認をしていなかったせいです、ってね。あの男が頭を下げるのなんて、何年ぶりに見たかしら」

昌弥はがばっと立ち上がった。加納が驚いて、昌弥を見る。

「どうしたの？」

「い、岩根さんが、ぼくのために!?」

「そうよ。よっぽどあなたに期待してるのね」

ちがう。絶対にちがう！

それが秘書の仕事だと、思っているから。

そして、いままで頭を下げずにすんできたのは、ついていた弁護士が全員優秀だったからにちがいない。

植木のあとについた、昌弥と入れ替わる形になった弁護士は、アメリカでも大手の弁護士事務所に引き抜かれた、と聞いている。植木についていた二年間と、その人についていた何年間か、岩根がすることはパラリーガルよりの仕事ばかりだったのだろう。

それなのに、自分が謝らせてしまった。

それも、日にちを勘違いする、という、ありえないドジのために。

「あの、ぼく…」

いますぐ岩根に謝りたい。

心の底から、ごめんなさい、と言いたい。

「ああ、ごめん、ごめん。待たせたかな?」

すぐに戻ってきますから、ちょっと出てきてもいいですか?　と告げようとしたとたん、所長が戻ってきた。

「あ、いえ、いま来たばかりです」

昌弥はすとんと腰を落とした。さすがに所長が戻ってきたら、出ていくわけにはいかない。

「さて、きみは今日からうちの事務所の所属弁護士になるのだけれど」

所長はそう言って、にやっと笑った。昌弥はまた、すみません、と頭を下げる。

「昨日はお騒がせしてしまいまして」

「いやいや、まあ、きみほどじゃないけど、みんな何かしらしているものだよ。だから、そう気にしなくてもいい」

「でも、すみませんでした」

昌弥はもう一度頭を下げてから、所長を見る。

「今後、このようなことがないようにしますので」

「えー、やーよ」

加納が口をはさむ。

「だって、うちの事務所、優秀なのばかりでつまんないんだもの。花山弁護士には、その調子で楽しませてもらわないとね」

ウインクされて、昌弥はどうしていいか分からなくなる。

ドジを推奨《すいしょう》されるなんて、初めてだ。

「加納くんは、退屈《たいくつ》がきらいなだけだから、放っておいてくれてかまわないよ。さて、仕事の話に戻って。まずは、経営形態から」

「はい」

昌弥は持っていた手帳を広げた。所長が苦笑する。

「書類はちゃんと岩根に渡してあるから、聞いていてくれればいいんだよ」

それから、所長は話し出した。所属、とはいえ、テナントを貸しているようなもの。給料はそれぞれ全然違う。給料は、依頼人の数と、その弁護士の一時間当たりの相談料と、裁判で勝った報酬《ほうしゅう》とで決まる。そのお金は、山野法律事務所に一括《いっかつ》して入ってくるので、そこから、諸費用を引いて、毎月二十五日に振り込まれる。秘書の給料は、山野法律事務所持ちだから、弁護士が支払う必要はない。その他、経費などの細かいことについては、岩根が全部把握しているから、そっちに聞くように。

「はい、分かりました」

昌弥は頭を整理して、うなずく。

「つぎは、仕事関係。きみも自分で分かっていると思うけど、一年半の研修を終えたからといって、すぐにプロの弁護士として活躍できるはずもない。この仕事は、経験がものをいうからね。だけど、山野法律事務所、という看板を掲《かか》げている以上、新人だからできませんでした、は通用しない。きみは、イソウロウ弁護士、という言葉を知っているかね？」

「はい」

昌弥はうなずいた。

最初の二年ぐらいは、ほかの弁護士の下について、仕事を学ぶ。弁護士は、たとえ事務所に所属していようと、基本的には個人経営の職業。それなのに、ほかの弁護士を預からなければならず、まったく経験のない相手に仕事を教えるという雑用が増え、あまり歓迎されることはないために、イソウロウ弁護士、略して、イソ弁、と呼ばれているのだ。

「うちでも、それをやってもらう、給料はもちろん出すが、微々《びび》たるものだと思ってくれ。とはいっても、普通の会社員とは比べものにならないぐらいの額ではあるけどね」

所長がにこっと笑った。

「で、きみ以外の九人の弁護士は、それぞれ得意分野が違っている。各弁護士に、二週間ずつついてもらって、計十八週間。そして、そのあとで、一人立ちしてもらう。依頼人も受けてもらうから、そのつもりで」

「…えっ？」

昌弥は思わず聞き返していた。

十八週間といえば、たった四ヶ月半。

それだけで、もう依頼人を取るの？

っていうか、取れるほどの実力が身につくの⁉

「きみも知っているとおり、うちの事務所への依頼人は実に多い。ありがたいことだ。そして、きみが動けなければ、十人で受けていた依頼人を、九人で分けることになる。それがどういうことなのか、分かるよね？」

「は、はい…」

つまり、ものすごく忙しくなる、ということ。

「うちがほしいのは、即戦力。それに対応できると思ったから、きみを取った。適当に面接をしたわけじゃない。調べられる限りのことは調べたし、研修中の情報も持っている。すぐに働いてもらうために岩根もつけた。これから十八週間、死ぬ気でがんばりなさい」

ああ、そうか。

そうなのか。

やっと、昌弥は納得した。

たとえ、自分には重荷な依頼人でも、岩根がいればどうにかなる。むしろ、岩根のほうが詳しいことも多いだろう。

だから、新人の自分に岩根がついたのだ。

だったら、と昌弥は思った。

めったにない機会だ。いつまで、岩根が自分の秘書でいてくれるかも分からない。

がんばって、がんばって、岩根からいろんなものを吸収しよう。

これからお世話になる弁護士の人たちからも、貪欲《どんよく》になんでも教えてもらおう。

体力なら、自信がある。

根性も、かなりのものだと自負《じふ》している。

徹夜が続こうと、かまわない。

十八週間で、自分はプロになる。

プロの弁護士になる。

「はいっ！」

昌弥は元気に返事をした。所長が、それを見て微笑む。

「いい目をしてるよね」

つぶやくように、そう言った。

「私も、そして、最終的にきみを選んだ弁護士も、その目にかけたんだよ。がんばりなさい」

「ありがとうございます！」

昌弥はソファーから立ち上がると、深々と頭を下げた。

早く、一刻でも早く、仕事にとりかかりたかった。

「すみませんでした！」

深呼吸をして、自分の部屋のドアを開けるなり、昌弥はそう叫んだ。デスクについて、パソコンに向かっていた岩根は、不審《ふしん》そうな顔になる。

「ここは所長室じゃないですけど？」

「ちがいます！　昨日、岩根さんに謝らせてしまったみたいで、ぼく、申し訳なくて…。ホントにホントに、今日からがんばりますから！　名誉挽回《めいよばんかい》させてください！」

「…加納のやつ、覚えとけ」

ぼそり、と、らしくない口調で岩根はそうつぶやいた。

聞き間違い!?　と思って岩根を見ても、何もなかったかのような無表情。

「まあ、その件はどうでもいいんです。それより、ちゃんと所長の話を聞いてきていただけました？」

「はい、聞いてきました」

「でしたら、あなたが依頼人を受けるまでに、ほとんど時間がない、ということは分かっていますね？」

「はいっ！」

昌弥は元気よく返事をする。岩根はまったく気にせずに、淡々と続けた。

「今日からつく弁護士は、藤原真紀《ふじわらまき》先生です。得意なのは遺産相続《いさんそうぞく》関係。かなりのベテランですから、失礼のないように」

「藤原先生なんですか⁉」

昌弥ははしゃいだ声になる。

「ぼく、あの方の裁判、一度だけ傍聴したことがあるんですけど、人情的な感じで、いいな、と思って。優しそうじゃないですか？」

「本当にお優しいですよ。家庭でも、よき妻、よき母だそうですから。ご本人いわく、ですけどね」

…これは冗談なのだろうか、とちょっと思ってもみたけれど。口調も表情も変わらないので、よく分からない。

なんとなく笑っておこう。

「それでは、行きますよ。藤原先生の部屋は、この階の、ちょうど反対側です」

岩根は書類をいくつか手に取ると、椅子を立った。背が高く、体格もいいので、びしっとスーツを着ていると、やはり迫力がある。裁判を傍聴に来ていた若い女の子たちが、植木派、岩根派で争っていたことを思い出した。

改めて見ても、岩根は文句なしにかっこいい。

「どうかしましたか？」

「…あ、いえ、なんでもないです」

見とれてた、と言おうものなら、何を言い返されるか分からない。

「しっかりしてください。時間はないんですから」

「はい、分かりました」

昌弥は心の中で、自分の頬をたたいているイメージを浮かべた。

がんばんなきゃ！

「待ってたのよ！」

岩根がインターホンを押すとすぐに、内側からドアが開いた。ふくよかな、という形容が一番似合う藤原がみずから顔を出した。

「おや、藤原先生直々《じきじき》のお出迎えですか？」

岩根がやはり抑揚のない声でそう言った。言葉の内容と、声の調子がまったくあっていない。愛想がないのもここまでくると、だれも気にしないのかもしれない。

「当たり前じゃないの！　岩根がきてくれるって聞いて、朝からずっと待っていたんだから」

「何か勘違いをなさっておいでのようですが、私がくるのではありません。花山先生」

岩根は昌弥に声をかけると、体を引いた。岩根の後ろに立っていた昌弥は、背筋を伸ばして、頭を下げる。

「本日から二週間、藤原先生のもとで勉強させていただきます、花山昌弥です。よろしくお願いします！」

「ああ、よろしくね」

藤原はにこっと笑うと、手を差し出した。昌弥はその手を握り返す。

「花山くんには花山くんで、仕事を用意してあるから。ちょっと、岩根を借りてもいい？」

昌弥はきょとんと岩根を見上げた。

それは、自分に許可を取ることなのだろうか。

「私はあなたの秘書ですから」

岩根はまったく表情を変えずに、小さくささやいた。

「ほかの方を手伝うにはあなたの許可が必要なのですよ。どうしますか？」

「え、あ、その…」

こういう場合、どう言えばいいのだろう。

どうぞどうぞ、は軽すぎる気もするし、許可します、だとなんかいばってるみたいだし…。

戸惑《とまど》っている様子を見かねたのか、岩根は中に足を踏み入れた。

「いいそうですから、手伝わさせていただきますが、全部私に任せられても困ります」

「えー、岩根に全部任せようと思ってたのに」

「冗談じゃありません」

そんな会話をしながら、藤原と岩根はどんどんと中に入っていく。どうしていいか分からなくて、ぽつん、と入り口に立っていた昌弥に、まだ若い女性の秘書が声をかけた。

「えーっと、花山先生よね？」

「あ、はい」

昌弥はこくこくとうなずいた。

「ごめんなさいね。うちの先生、岩根さんがくるって聞いたら、急にはしゃいじゃって。最初は、えー、イソウロウ弁護士なんて役に立たないからいらないわよ、とか言ってたくせに」

「聞こえてるわよ！」

藤原が大きな声を出した。秘書がぺろっと舌を出す。

「それに、いらない、なんて言ってないじゃない。めんどくさい、って言っただけよ」

「おんなじですよ」

「全然ちがうわよ。なんなら、法廷で争ってもいいわ」

藤原はそう言うと、豪快《ごうかい》に笑った。

「ああ、花山くん、ほったらかしでごめんね。私の秘書、石田《いしだ》、って言うんだけど、見かけの割には仕事ができるから、分からないことがあったら、その子に聞いて。とりあえず、最初は書類作成からよろしく。私の主な案件は遺産相続だから、戸籍謄本《こせきとうほん》や住民票取ったり、遺産放棄《ほうき》の書類作ったり、結構めんどうな仕事が多いのよね。まあ、がんばって。あなたのために、たくさん取っておいたのよ」

「あ、これもイソ弁にやらせればいいわ、って言いながらですよね」

「おだまり、石田」

藤原はキッと石田をにらんだ。

「あんただって、事務仕事減るから楽になる、って言ってたくせに」

石田はうなずいた。

「だって本当のことですから。とにかく、先生はその、ものすごーい複雑で泥沼《どろぬま》になっている遺産相続のやつを、岩根さんとどうにかしてください。私は花山先生と書類を作ります」

「ね、見て、岩根。どうしてうちの事務所は、みんな、秘書のほうが弁護士よりもいばっているのかしら？」

「迷惑をかけられているからじゃないでしょうか」

岩根が淡々と答える。

「ところで、私は雑談をしにきたわけじゃないのですが」

「ああ、ごめんね」

そう言って、また真剣に書類を片手に何かを話し始めた藤原を、昌弥はぼーっと見た。すごい。

ホントに弁護士の顔をしている。

「花山先生?」

石田に声をかけられて、昌弥ははっと顔を石田に向けた。

「す、すみません。ぼーっとしてました。何をおっしゃったのでしょうか?」

「呼んだだけですよ。それに、敬語じゃなくていいです。弁護士に敬語使われると、なんかくすぐったい」

「いえ、そういうわけにはいきません」

昌弥はきっぱりと言った。

「ぼくがここでは一番新人なんですから、みなさんに敬語を使わせていただきます」

「…へえ、めずらしい」

石田が感心したようにうなずいた。

「弁護士といえば、俺様、な人が多いのに。まあ、だれでも最初は謙虚《けんきょ》なのかもしれないけど。実は、私もイソ弁に会うの初めてで。見かけの割には仕事ができる石田と言います。よろしくお願いします」

さっき、藤原に言われた皮肉をそのまま繰り返して、石田は自己紹介をした。昌弥はくすりと笑う。

「あ、笑った」

石田がほっとしたようにうなずいた。

「すごい緊張してるから、一緒に仕事するの大変そうだな、って思ってたんですよ。よかった、よかった。人間、笑えたら、それで大丈夫。ところで」

ぱっと、石田の顔つきが変わった。

すごいなあ、と昌弥と素直に思う。

ここは、プロの人ばかりだ。

「遺産相続の裁判を傍聴したことは？」

「藤原先生のを拝見したことがあります」

「ああ、そうですか。じゃあ、分かってらっしゃるでしょうが、裁判にまで発展したやつは、かなり揉《も》めます。骨肉《こつにく》の争い、というのが、毎日のように見られて、人間不信ぎみになるときもあります。まあ、そのうち慣れると思いますけど。で、こちらとしては、ちょっとでも依頼人に有利に裁判を進めたい。ですから、今日花山先生がやることは、ここにある案件の見直しと、数字に関して合っているかどうかの確認、そして、必要書類をそろえてください。分からないことがあれば、私にどうぞ。きっと、岩根さんは今日、離してもらえないと思いますので」

ドサッ、と、資料やら書類やらを渡された。

「来週公判のやつの最終チェックです。必要なら、市役所に書類を取りに行ってもらったり、裁判所に書類を届けてもらったりしますので。弁護士というよりは、まだ秘書的な仕事だと思っていてください」

「はい」

「机はそこにあります」

急遽《きゅうきょ》、入れたのだろう。奥のほうに、小さな事務机が置いてあった。昌弥は渡された一式を抱えて、そこに移動する。

弁護士になって、初めての仕事。

そう考えると、わくわくする。

昌弥は深呼吸をすると、おもむろに書類をめくった。

大丈夫。研修では、何度もやったことだ。

昌弥は音がしないように小さく頬をたたくと、書類を読み始めた。


「あ、なんで、おまえ、んなとこにいんの？」

昔から、集中力だけはあった。集中すると、周りの音が聞こえなくなる。

それでも、そんな昌弥の集中を壊すような大きな声が響いた。昌弥はびくっと顔を上げる。

これは、いったいだれの声？

「あなたこそ、どうしてこんな辺境《へんきょう》の地にいらっしゃったんですか？」

岩根の冷たい声がした。微妙に死角になっているので、岩根の背中しか見えない。石田に状況を聞こうにも、石田も声のするほうを向いている。

「辺境の地？　失礼ね」

これは藤原。最初の声は、だれのだろう。

「そうだ。失礼だぞ」

「あーっ！」

昌弥は叫んだ。

この声。

何度も聞いた、この声。忘れるはずも、間違うはずもない。

植木鷹臣だ！

「…いま、なんか、叫び声がしなかったか？」

植木の不審そうな声がした。岩根が即座に否定する。

「いえ、何も聞こえてません。ところでさっきの質問にまだ答えていただいてないんですが」

「そうつんけんすんなよ。元パーフェクトコンビの相方《あいかた》なんだから」

岩根は冷たい声で答えた。

「私はあなたとコンビを組んだ覚えは一度もありません。それよりも、お忙しいんじゃないですか？」

「あ？　忙しいからここにいんだろうが。資料室行ったら、俺のほしい資料の貸し出し先が藤原先生になってたから､ちょっとコピー取らせてもらおうと思って借りにきたんだよ」

「そんな仕事、秘書にやらせればいいでしょう」

「あいつ、いま、書類届けに、裁判所。先月、あいつが一週間休んだぶんのつけが、まだ残ってるんだよなー。なーんで、こんなに忙しいんだろ」

「秘書が休んでいる間、あなたが事務仕事をいっさいしなかったからに決まってません？」

「相変わらず、つめてーな、岩根は」

肩をすくめる植木の様子が見えるようだ。

「まあ、いいや。おまえと漫才《まんざい》してる場合でもねえぐらい至急なんだよ。藤原先生、遺産相続のぶあつーい資料、どこに隠しました？」

「隠したなんて人聞きの悪い」

だけど、藤原の声はまったく怒ってない。それどころか、笑いが混じっている。

昌弥は、ただぼーっと会話を聞いていた。

あこがれていたパーフェクトコンビ。

その二人が、いま、ここにそろっている。

それが信じられない。

「うちのイソ弁が使ってるのよ。花山先生」

「は、はい！」

呼ばれて、昌弥は返事をした。昌弥が立ち上がるより先に、岩根が昌弥を振り返って、それから、近づいてくる。

「資料、お渡しすればいいんですよね？」

「ちょっと待った」

植木が岩根をとめる、手だけが見えた。

「なーるほどな。おまえが俺を追い返したがるわけだ」

「…何をおっしゃっているのか、まったく理解しかねます」

「いいよ、いいよ。わざわざ優秀な岩根さまの手をわずらわせるわけにもいかねえしな。俺が直接取りに行く」

え？　え？　えーっ!?

植木が!?

直接!?

「資料を取るぐらい、なんでもありません。なんでしたら、私が資料室までお届けしますので、そこでお待ちになっててください」

「お待ちになれるぐらいなら、わざわざ来たりしねえよ」

そう言うと、まず足が見えた。それから、体、最後に顔。

本物の植木鷹臣だーっ！

どうしよう。どうすればいい？

「よう」

植木はにやっと笑うと手を上げた。

「昨日はなかなかおもしろいことしたらしいじゃねえか。せっかくだから、顔合わせようと思ってたのに、さっさと帰っちまったらしくて、残念に思ってたとこだったんだぜ？」

昌弥はただ口をぽかんと開けて、植木を見上げる。

ホントに？　ホントに植木がここにいるの？

自分に話しかけてるの？

「おーい、花山？」

植木が昌弥の前で手を振った。それでも黙ったままの昌弥に、植木が岩根を振り返る。

「なあ、こいつ、人間だよな？　それとも、置き物？」

「あなたがいるのは、資料なんですよね？　それを取って、さっさと帰ってください。花山先生には、まだやることがたくさんあるんですから」

「おやおや、甘やかしてんじゃねえか」

植木がにやっと笑った。

「俺、おまえにかばってもらったことなんて、一度もねえけどな」

「あなたをかばわなければならない理由が分かりません。とにかく」

岩根がカツカツと靴音を響かせて、昌弥に近づいてきた。その音で昌弥ははっと我に返る。

「これさえあればいいんでしょう?」

岩根は昌弥の机の上に置いてある、一番厚い資料を植木に渡した。

「んなカリカリしなくても、なんもしねーっての。まあ、たしかに、猫科だよな」

「…私を脅《おど》しているんですか? タヌキに何かあっても私はいっさい責任を取りませんよ?」

「…できるもんなら、やってみな」

その瞬間、植木の声が低くなった。法廷で聞くような真剣な声。

「同じセリフを、そっくりそのまま返します。おたがい、相手のことには干渉《かんしょう》しないことにしましょう。あなたの顔をこれ以上見ているのも不愉快です。お引き取りください」

「いつから、おまえはそんなにかわいげのないやつになったんだか。小さいころはかわいかったのになあ」

植木の声が、またもとの明るいトーンに戻った。

「あなたと出会ったのは、ここの事務所でです。いいかげんなこと言わないでください。

それよりも、いいんですか？　急いでるんでしょう？」

「あー、そうだ、忘れてた！　依頼人がそろそろ来る！　じゃ、藤原先生、これ借りてきますね。あとから、岩根にでも取りに来させてください」

「どうして、私が…」

冷たく言い放つ岩根を、植木がさえぎった。

「おまえが秘書をやってる、花山先生が使ってる資料だろ？　おまえが取りに来るのが筋だろうが」

「それを言うなら、勝手に取りにきたあなたの秘書が返しに来るのが筋です」

「俺はな、狼《おおかみ》に子羊を差し出すほど、心が広くねえんだよ」

「あんなタヌキに、私の触手が動くはずないでしょう」

「侮辱罪《ぶじょくざい》で訴えるぞ」

「どうぞ。何をどう侮辱したのか、あなたが明確にできるのであれば」

植木がうっとつまった。

「ほんっとに、あいっかわらず、かわいげのかけらもねえな。あ、まじで時間がねえ！　いつか、この決着はつけるからな！」

植木はそう言い置くと、足早に去っていった。嵐のような展開に、昌弥はどうしていいか分からない。

「あこがれの人を目の前で見たから、固まってしまったんですか？」

植木の足音が聞こえなくなってから、岩根は昌弥にだけ聞こえる声で、ぼそり、とつぶやいた。いつもよりも、もっと口調が冷たく感じるのは、昌弥の気のせいだろうか。否定したくて、昌弥は必死でぶんぶんと首を横に振る。

「ち、ちがっ…ちょっとびっくりして…」

「…あれほど、植木に色目を使わないでください、と注意したはずですが」

岩根の声のトーンがますます低くなる。

ああ、どうしよう！

絶対に、岩根は怒っている！

なんでか分からないけど、絶対に！

「使ってなんかっ…！」

「大きな声を出さないで」

岩根が冷静な声で、昌弥をとがめる。

「あんな潤《うる》んだ目で、植木を見上げていたというのに、自覚がないんですか？」

潤んだ目？

見上げる？

潤んでいたかどうかなんて知らないし、見上げたのは、自分が座っていたから。

だいたい、植木に色目を使う理由がない。

「…おしおきが必要なようですね」

それだけを言うと、岩根は昌弥のもとを離れた。藤原に声をかける。

「そろそろお昼ですので、花山先生の昼食を用意してきます」

「あ、もうそんな時間？　石田ー。いつものお弁当とって」

「はい、分かりました。花山先生と岩根さんのぶんも、こちらで用意しましょうか？」

「いいえ、大丈夫です。ちょっと買い出しに行ってきますので、しばらく抜けますがよろしいでしょうか？」

岩根が聞いた。藤原が気さくにうなずく。

「ああ、こっちは気にしないで。岩根のおかげで、ずいぶんはかどったから。ゆっくりしてきていいわよ」

「それでは、花山先生をお願いします。花山先生」

「は、はいっ！」

昌弥の声がひっくり返った。石田が笑いを噛み殺す。

「昼食の用意ができましたら、内線でこちらにお電話しますので、お部屋にお戻りください」

「はい、分かりました」

昌弥はこくこくとうなずく。

どうしてなのかまったく分からないけど、岩根が怖い。

素直に答えた昌弥に一応は満足したのか。岩根は藤原に軽く頭を下げると、部屋を出ていった。石田がこらえていた笑いを、吐き出す。

「あー、おっかしー。やっぱり、岩根さんと植木先生はいいコンビよね。でも、花山先生も大変ね。あんなとこ見たら、やっぱりちょっとびびるでしょ?」

びびる? 何が?

「岩根さんは無表情のまま、ものすごいことを淡々と言うし、植木先生は外に向ける顔とちがって、ここではべらんめえ口調だし。あの二人、いっつもああやって言い争ってるのよ。仲がいいのよね」

「え、あれで仲がいいんですか!?」

二人の言い合いはやっぱりびびるようなものなんだ、とか、そういえば植木は口調が乱暴だった、とか、そういうことよりも。

仲がいい、という言葉に驚いて、昌弥は声を上げた。

植木はどうか知らないけれど、岩根に関するかぎり、植木をきらっているとしか思えない。

「仲よくなきゃ、あんなやりとりしないわよ。まあ、今日の岩根さんは、いつにも増して辛らつだったけど。レクリエーションなんじゃないの? あの二人なりの」

「そう…なんですか」

だったらいいけど。

昨日からの岩根の言動を見ていると、そうとは思えない。

「はい、そこ、昼休みまで必死で働いて」

「あ、はい、すみません」

石田が素直に謝ると、パソコンに向かった。昌弥もまた書類に目を落とす。

『…おしおきが必要なようですね』

ふいに、さっきの岩根の言葉がよみがえった。

昌弥はぱっと顔を上げる。

おしおき!?

おしおき、って何!?

「どうかしたの？」

呆然と宙を見上げている昌弥に、石田がいぶかしそうに声をかけた。昌弥はぶんぶんと首を振る。

「あ、いえ、なんでもないです」

昌弥は再びぶんぶんと首を振って、岩根の言葉を頭から追い出す。

そうしなければ、仕事にならなかった。

おしおきのことなんて、考えたくもなかった。

第4章　道具でおしおき♥

4, It is a toy and a reward

「お昼だー！」

石田は手を止めて、ばんざーい！　と手を上げた。始業が十時からと遅いため、お昼休みも一時からと変則的になっている。が、それは建前上のこと。忙しいときは、臨機応変《りんきおうへん》に昼休みを取る。

「お弁当、お弁当、早く来ないかな」

「ねー、ホントよ。めずらしく、ちゃんと昼休みに食べられるっていうのに」

藤原と石田が、なんだかんだとしゃべっている間に、電話が鳴った。石田が取って、分かりました、とうなずいて電話を切る。

「お呼びよ」

石田がにっこりと笑った。

「またあとでね」

「…はい」

できるなら、行きたくない。

だけど、行かないわけにもいかない。

「あら、疲れた？」

藤原が、心配そうに昌弥を見た。昌弥は慌てて首を振る。

「あ、いえ、大丈夫です！　それじゃ、お昼に行ってきます！」

昌弥はわざと元気にそう言うと、部屋を飛び出した。
そのまま、走って自分の部屋まで向かう。
勢いをつけないと、行けなくなりそうで。
ノックをして、ドアを開けたら、岩根が腕を組んで立っていた。
それを見ただけで、昌弥は回れ右をしたくなる。
「鍵を、かけてください」
冷たい声で、岩根はそう言った。昌弥はしばらくためらって、それから、鍵をかけた。
靴の音をさせて、岩根が近づいてくる。
「さて、と」
岩根がひょいと口のはしを上げた。
ああ、と思った。
やっぱり、そうなのだ。
おしおきとは、そういうことなのだ。
岩根の表情が変わる原因を、昌弥はもう知っている。
昨日、さんざん教えられたから。
どうしよう、どうしたらいいんだろう。
そう思う一方で。

昨日、岩根にされたことを思い出して、顔が赤くなりそうになるのを、昌弥は意思の力でどうにか抑える。

たくさん、いやらしいことを言った。

たくさん、いやらしいことをされた。

それを、気持ちいい、と思った。

でも、そのことは忘れると誓《ちか》ったはずなのに。

岩根の口調が変わった瞬間に、全部が一気によみがえった。

また、あんなことをされるのだろうか。

「おしおきしましょうかね」

昨日よりも優しくない声で、岩根はそう言った。

昌弥の体が、恐怖と、そして認めるのはいやだけれど、期待に近いもので、ぞくりと震えた。


「ズボンを脱いで」

あまりに普通の口調で言われたので。昌弥は、はい、と答えそうになった。

それから、慌てて、ぶんぶんと首を振る。

ちょっと待て！　よーく考えろ！

どうして、ズボンを脱がなきゃなんないわけ!?

「い…やです」

冷たい目でじろりとにらまれて、昌弥は後ずさる。

怖い、怖い、怖い！

この人、怖い！

「おしおきだと言ったでしょう？　あなたに逆らう権利があるとでも？」

「なんで、ズボン脱がなきゃならないんですか？」

声が震える。言葉じりがかすれる。

だけど、言うことをきいちゃいけない。きいたら、きっと、とんでもないことをされるのだ！

「脱いだら分かります」

「分からなくていいんですけど…」

「あなたは」

岩根が上から昌弥を見下ろした。

「昨日、あれほど忠告したにもかかわらず、植木に色目を使いましたね？」

「使ってないです！」

昌弥は必死で否定する。

「あれは…ちょっとびっくりして、固まっただけで。色目使うとか、そんなんじゃ…」

「言い訳は結構です。私が見たかぎり、あなたはものほしそうに植木を見ていました。昨日、あれだけ何度も、もう何も出ないほどイッて、私のものをその奥にくわえこんで、限界までしぼり取ったくせに。今日になったら、また新しい男が必要なんですか?」

「ちがっ…」

昌弥の顔が、カッと赤く染まった。

昨日のことは忘れる、と言ったくせに。

昌弥にも、忘れなさい、と命令したくせに。

こんなときだけ持ち出すなんて、卑怯《ひきょう》だ。

「中がうずくんでしょう?」

「うずいてないですっ!」

「だから、植木をあんなうるんだ目で見たのでしょう?」

「ちがいますっ! 見てません!」

何を言えば。

なんて言えば、分かってくれるのだろう。

ちがう、という、ただそれだけのことを、岩根はどうすれば納得してくれるのだろう。

「ズボンを脱ぎなさい」

はっきりとした、それは命令だった。昌弥はただ首を振る。

「あなたが脱がなければ、私が脱がせるだけです。どっちがいいんですか？」

「ホントに…見てないですっ…」

昌弥の訴えにも、岩根は耳を貸さない。

「脱がせてあげましょうか？　昨日みたいに」

だめだ、と思った。

もう、だめ。

きっと、だめ。

岩根はズボンを脱ぐまで許してくれない。

見ていない、と。

植木をそんな目で見るはずがない、と。

いくら言ったところで納得してくれない。

そして、こうやって、ずっと、昌弥が脱ぐまで、ひどい言葉を投げつけるのだろう。

もうこれ以上、耐えられなかった。

たしかに、昨日はいやらしいことをたくさん言ったし、とんでもない姿を見せたけど。

媚薬のせいですから、と優しく笑ってくれたのに。

大丈夫、ただ感じてればいいんです、と、髪を撫でてくれたのに。

あれは、うそだったの？

内心では、バカにしてたの？

「…脱げば、いいんですか？」

昌弥はうつむいた。岩根の声が、上から降ってくる。

冷たい、抑揚のない、いつもの声が。

「脱げばいいんですよ。最初から、素直にね」

泣きそうになるのを、ぐっと唇を噛んでこらえた。

悪いことなんて、何もしていない。

ただ、植木が急に現れたから。

ずっとあこがれていた、その弁護士が目の前にきたら、だれだって、ぽかんと見つめてしまうんじゃないだろうか。

なのに、岩根には誤解され、何を言っても分かってもらえず。

そして、こんなひどいことをされている。

だけど、だけど、だけど。

続く言葉を、昌弥は飲み込んだ。

それから、ベルトを抜いて、ボタンを開け、ファスナーを降ろし、一気にズボンを脱ぐ。

「…これで、いいんですか？」

「下着もです」

昌弥は目を閉じて、下着も下ろした。

言うとおりにしないと許してもらえない、というのなら、さっさとしよう。

何をするつもりか分からないけれど、まさか、昨日のように媚薬を飲まされて、セックスをされることはないだろう。

「机に手をついて、足を開いて」

何も考えない。

ただ、岩根の言うとおりにする。

そうすれば、すぐに終わるだろうから。

さっきから、胸がずきずきと痛んでいるけれど、そんなの我慢すればいい。

「これを」

岩根が後ろから、まるで抱きしめるかのように昌弥の前に手を回した。ふわり、と昨日と同じトワレが香る。

岩根の、匂いだ。

そんなことを考えていたら、目の前に、小さな楕円形《だえんけい》のものが突きつけられた。なんだろう。こんなの、見たことがない。

「午後中、あなたの中に入れておきます。それが、おしおきです」

「え…？」

昌弥は何を言われたのか、一瞬、把握できなかった。

中に、って、どこのこと？

それから、やっと分かる。

昨日、さんざん岩根を飲み込んだ部分に。

昨日まで、そういう目的で使ったことがなかった場所に。

この楕円形のものを入れられるのだ。

「いやでっ…」

逃げようとしたら、それが分かっていたのか。岩根は、昌弥を机に押しつけた。逃げられないように、上に覆いかぶさる。

「だから、あなたに選択権はないんです。もし、また植木がちょっかいかけに来たりして、あなたが色目をまたもや使ったら、これを中で動かします。植木のことを考えて、ぼーっとしていると私が判断しても、同じです。いいですか。あなたは弁護士なんです。それも、まだ新米の。仕事のことだけを考えなさい」

「考えてますっ…ホントにっ…」

植木には、あこがれているだけなのに。

そりゃあ、話せれば嬉しい、とは思う。今日だって、姿を見たときに、うわー、本物だー、とは思った。

だけど、それだけ。

本当に、それだけなのだ。

「舐めなさい」

それなのに、岩根は昌弥の言葉なんか聞かずに、その楕円形のものを昌弥の唇の中に押し入れた。舌で押し返そうとするものの、強引に全部含ませられる。

「全体をよく舐めて。じゃないと、痛いかもしれませんよ。まあ」

そこで、岩根は、くすり、と笑った。

優しく、ではなく、まるで嘲笑《ちょうしょう》するかのように。

「昨日の様子からしたら、大丈夫だとは思いますけどね」

どうして、こんなことを言われなければならないのだろう。

どうして、こんなことをされなければならないのだろう。

ただ、昌弥を辱めるためだけの言葉。

ただ、昌弥にバツを与えるためだけの行為。

そんなのが、ほしいんじゃないのに。

…自分がほしいのは、別のものなのに。

だけど、そんなもの、もらえるはずもないから。

考えれば考えるほど、悲しくなるだけ。

ただ、何も考えずに、岩根の言うとおりにしていればいい。

昌弥は、ちゅぷ、ちゅぷ、と口の中のものを舐めた。しばらくして、岩根が口の中から、それを引き抜く。

「これはピンクローターと言って、電動式で細かく震えます。こんな感じに」

突然、目の前のそのピンクローターが震え出した。昌弥は驚いて、びくっ、と体をのけぞらせる。それを、また押し戻されて、机の上に上半身をつけさせられた。

「そして、リモコン形式です。リモコンは私がずっと持っています。つまり」

岩根はピンクローターを持っていないほうの手を、昌弥の足に置いた。そのまま、つー、と上まで滑らせる。昌弥は、びくん、と体を震わせた。

「おや、まだ媚薬が残っているんですか？」

岩根の声が、少しだけやわらかくなった。

たったそれだけのことなのに、昌弥の体から力が抜ける。

この声だ。

昨日、ずっと聞いていた、この優しい声。

「それとも、昨日あんなにセックスしたせいで、感じやすくなってしまいました？」

セックス、という単語が、昨日の行為を生々しく思い出させた。

長い長い間していたのに、媚薬が効いていたせいか、あんまり現実感がなかったのだ。

体は覚えているけれど。

まだ、中に何か入っているような気もするけれど。

忘れる、と決めたから。

だから、考えないようにしていただけ。

「昨日、言いましたよね?」

岩根の手が双丘にかかった。ぐいっとそこをつかまれて、昌弥の口から小さな声が漏れる。

「一番感じる部分があるけれど、いまの昌弥にはつらすぎるだろうから、って」

昌弥。

名前を、呼ばれた。

呼んでくれた。

昌弥は、岩根を見つめる。

いま、昌弥、って言ってくれたよね?

名前を呼んでくれたよね?

昨日と同じような、優しい声で。

ただそれだけなのに、涙が出そうになる。

心まで、溶かされていく。

「今日は、そこにこれを当てます。でも、その前に、まずどこかを探らないといけません。おとなしくしてなさい」

岩根の声が、どんどん優しくなる。それが嬉しくて、昌弥は、こくん、とうなずいた。

「おや、どうしたんです、急に素直になって」

「早くしないと…昼休みが終わるから…」

そんなのうそ。

うそだけど、ホントのことなんて言えない。

岩根は納得したようにうなずいた。

「ああ、そうですね。それでは、さっさとしましょう。力を抜いておいてください」

岩根の指が、蕾をまさぐる。撫でるようなそれに、昌弥は体をのけぞらせた。

「あっ…やっ…」

「おやおや、職場でそんなにはしたない声を出して」

岩根はからかうように、ささやいた。

「ああ、まだやわらかいですね。これなら、濡らさなくても大丈夫でしょう」

何度か蕾をこすると、岩根は指を一本、中にそっと入れてきた。昌弥は机のはしをぎゅっとつかむ。

「んっ…ああっ…」

「防音でよかったですね」

岩根は入り口付近で指をぐるりと回しながら、昌弥の耳に息を吹きかけた。

「昌弥のこんなかわいい声を聞かれたら、依頼人が殺到してしまいますよ。あわよくば、と昌弥を狙って」

「やっ…やぁっ…」

ゆるゆると指を動かされる。どうして、そんなに浅い部分だけをまさぐるのか、昌弥には理解できない。

昨日は奥まで全部、暴《あば》かれたのに。

内壁を押すように、指が動いていく。昨日の余韻が残っているのだろうか。指が動くたびに、昌弥の口からあえぎが漏れた。

「あっ…んっ…だめぇ…」

「昌弥は、もとから感じやすいんですよ」

耳たぶを軽く噛まれて。昌弥の声がひときわ高くなる。

「媚薬のせいも、もちろんあったんでしょうけど。昨日、あんなに乱れたのは、体が敏感だからでしょうね。言葉を変えると」

岩根がある一点をぐいっと押した。そのとたん、昌弥の体が跳ね、悲鳴のようなあえぎに変わる。

「いやぁっ…やっ…何っ…？」

まるで電気が走ったような、強い強い快感。岩根はそこを、ますます強く押さえる。

「淫乱《いんらん》なんですよ」

「だめっ…だめぇ…」

岩根のひどい言葉にも、反抗できない。

昌弥はぶんぶんと首を振って、どうにか岩根の指から逃れようとするのに、岩根が覆いかぶさっているせいで、動くこともできない。

「ここですか。分かりました」

岩根はピンクローターを持った手を、わざと見せつけるようにゆっくりと動かした。昌弥はぎゅっと目を閉じる。

あれが目の前からなくなったら、中に入れられる。

それを、考えたくなくて。

岩根の指が蕾を広げた。すぐに、かたいものがそこに当てられて、ゆっくりと中に入ってくる。

指とも、岩根自身ともちがう、つるつるとした感触。指で押さえていたところまで押し込まれると、そのまま、指だけが引き抜かれる。

岩根はやっと昌弥の上から起き上がると、昌弥も手を引っ張って起こさせた。それから、机の上に座らせる。

「足、開いてみてください」

足を開いたら、全部見られてしまう。だけど、もう、あまり時間もない。このまま、とんでもないことをされ続けるよりはましだ。

昌弥はそろそろと足を開いた。岩根が少し離れて、じっとそこを見つめる。

「ああ、いいですね。落ちそうにない。まあ、落ちても困るのは昌弥ですから、しっかり締めつけといてください」

岩根の言葉の調子が、どんどん変わっていく。

昨日と同じように、淫靡に、優しくなっていく。

それに安心してしまうのは、どうしてだろう。

こんなことをしているときにしか、変わらないのに。

「それにしてもいやらしいですね。短いコードだけ外に出てる姿っていうのは。それに、昌弥、勃ってますよ?」

くすり、と岩根が笑った。昌弥はカッと赤くなる。

さっき、電気が走るぐらいに感じるところを触られたときに、完全に勃ち上がってしまったのだ。

「ぬいてあげないと、ダメでしょうね。そんなに勃たせてたら、スーツの上からでも分かってしまいますから」

「大丈夫ですっ！」

昌弥は慌てて首を振った。

「そのうち、収まりますから！」

こんなとこで、イカせられても困る。体がだるくて、しばらく使い物にならなくなるだろうから。

「そうですか？　まあ、昌弥がいいならいいですけど」

「いいです！　このままで大丈夫です！　ホントです！」

「おや、残念」

あまり残念じゃなさそうに、岩根は言った。それから、昌弥に近づいてくる。

「あと、昌弥のここも、シャツの上から分かるぐらい、つん、としこってますね」

ここ、と言うのと同時に、乳首をつつかれた。昌弥は思わず、岩根の手をつかむ。

「いやっ…触らないでっ…」

「どうして？　ここは触ってほしそうですよ？　だって、ほら」

岩根は昌弥の乳首をつまんだ。

「ますますとがってきてる」

「あっ…やっ…んっ…」

昌弥はどうにかして岩根の指を外そうとするのに、岩根は乳首を離してくれない。シャツの上から、昌弥の乳首をそそり立たせていく。

「ああ、そうだ。中で動かすと、どのくらい昌弥が感じるのか、ちゃんと分かってないとね」

岩根はスーツの胸のポケットに手を入れた。なんだろう、と思う間もなく。

「いやぁっ…」

昌弥の中で、ピンクローターが震え出した。人の手では絶対にできないほど細かい振動が、昌弥の感じる部分を刺激する。

「あっ…だめっ…だめぇ…」

「おやおや、しずくをたらして。いけない子ですね」

岩根は昌弥の先端をこすった。

「ほら、こんなに指についてしまいましたよ。これじゃあ、下着にも染みができますね。どうします？　藤原先生と石田に、こんないやらしいもの入れているのがばれたら」

「やっ…やぁっ…」

昌弥はぶんぶんと首を振った。

そんなの、想像したくもない。

「じゃあ、ちゃんと締めつけておかないと。ほら、いまもお口開けて、ひくついてますよ。油断してると、落ちるかもしれませんね」

そう言いながら、岩根は昌弥の蕾を左右に開いた。めくれた粘膜を撫でられて、昌弥はびくびくと震える。

「ああ、そんなに大きくうごめかせたら、ホントに出てきてしまいますよ？　もっと強くしてみましょうか」

岩根の言葉と同時に、振動がもっと強くなった。

「あっ…だめぇっ…」

昌弥は体をのけぞらせる。一番感じる部分に当たる刺激が強すぎて、とろり、と昌弥の先端から、また液体がこぼれた。

「そんなにいいんですか？」

岩根がからかうように言う。

「もっと押しあててみます？」

「やっ…いやでっ…ああっ…！」

岩根の指が中に入ってきて、ピンクローターを内壁に押しつけた。さっきよりも数段激しい振動に、昌弥の体から力が抜けていく。

「本当にイカなくて大丈夫なんですか?」

楽しそうに言う岩根に、昌弥は、ぶんぶん、と首を振った。

いや。

絶対に、いや。

岩根の目の前で、それも一人でイクなんて、耐えられない。

媚薬、という逃げ場なんて、いまはない。

こんな道具でイッてしまうところを、岩根には絶対に見られたくなかった。

「あっ…いやっ…やめてくだっ…」

「やめてあげたいのはやまやまですが、昌弥の中が締めつけて離してくれないんですよ。ほら、抜こうとすると、キュッと絡みついて。私の指を引きとめようとする。本当は、もっといじってほしいんじゃないですか?」

「ちがっ…あっ…やだぁ…」

昌弥は逃げようとするのに、岩根は離してくれない。ピンクローターを押しつけるのとは別に、中で指まで動かし始めた。

「だめっ…いやっ…やぁっ…」

くちゅ、くちゅ、と音が漏れる。先端から出るものの量も増えてきた。

いやなのに。

一人でイクなんて、いやなのに。

このままでは、出てしまう。

「あっ…ねがっ…」

「何をお願いするんですか？」

「指…やぁっ…」

昌弥は岩根の手をつかんだ。岩根の指が、やっと動きを止める。昌弥はきれぎれの声で、ささやいた。

「仕事のことしか、考えませんからっ…」

昌弥がそう言ったとたん、岩根の顔がちょっとだけ穏やかになった。もっと、そんな顔を見たくて。昌弥は続ける。

「仕事だけをちゃんとしますから。だから、もう、スイッチを止めてくださいっ…」

しばらく、岩根は昌弥を見つめると、指を抜いて、スイッチを切ってくれた。

「そうですね。そろそろ止めてあげないと、お昼を食べる時間がなくなりますから。ああ、昌弥はその格好で食べてください。じゃないと、下着どころか、ズボンまで汚れますよ。昼休みが終わるまでにそれが収まらなかったら、私がぬきますから。それがいやなら、自分でどうにかしてください」

そんなことを言う岩根の顔は、少し満足そうだ。

何が岩根をそうさせたのか、昌弥には分からない。

「それと、このリモコンは小さいから、操作をしているところを見られる可能性はほとんどありません。つまり、私はいつでもこのスイッチを入れられますので、気を抜かないようにしてください」

「…はい」

昌弥はうなずいた。

もう、入れられてしまったのだ。あとは、岩根の言うことを聞くしかない。

そう、自分に言い聞かせる。

「ちゃんとできたら、あとからごほうびをあげますよ。午後は、自分でおっしゃったとおり、植木のことなど考えないで、仕事をしてください」

「…分かりました」

考えるはずなんて、ないのに。

仕事だって、ちゃんとするつもりなのに。

だけど、言わない。

言ってもムダだと、分かっているから。

「じゃあ、昼食を食べて、藤原先生のところに戻りましょう」

さっと秘書の顔に戻ると、岩根は昌弥にお弁当を持ってきた。お茶のペットボトルも机の上に置いてくれる。

食欲はなかったけれど。

何かほかのことで気をまぎらわせないと、自身が収まってくれなさそうで。昌弥はゆっくりと昼食を食べながら、さっきまで読んでいた書類のことを考える。

遺言《ゆいごん》がなかったから、ここまで揉めているのだ。妻は先立ち、正妻との間に子供はなく、外に作った子供が、ざっと十人以上。認知しているのもいれば、認知していないものもいて、だけど、全員を自分の子供として扶養していた場合、いったいどんな遺産配分になるのか。数学の方程式じゃあるまいし、そんなの知ったことか、というのが本音だけれど、まさか、そんなこと言えはしない。

あれが適応されるなら、とか、でも、これも解釈によっては、とか考えていたら、いつの間にか、弁当を食べ終わっていた。下を見たら、自身もおとなしくなっている。

「さて、それでは、身支度をして参りましょう」

また、もとの淡々としたしゃべり方で、弁当のカラ箱を昌弥の分まで片付けながら、岩根は言った。昌弥は慌てて、下着とズボンをはく。

「いいですね」

岩根は念を押した。

「いつでも見てますから」

そういう意味じゃないのに。
見張っている、という意味なのに。
なぜか、心臓が、ドクン、と跳ねた。
ちがう。そういうことじゃない。
これは、ただの脅し文句だ。
「返事は？」
「はい」
昌弥は小さな声で答えると、岩根の横をすり抜けて、先に部屋を出た。
あんなものが入ってても、なんでもない。
全然大丈夫。
その姿を、見せつけたくて。
本当は歩くたびに、それがこすれて、うずくまってしまいそうになったけど。
平気なふりをして、歩き続けた。
こんな道具一つで感じてしまうことを、知られたくなんてなかった。

午後はバリバリと仕事をした。いつの間にか返ってきていた資料

ックに精を出す。疑問な部分には附箋《ふせん》をつけ、そこ
をたたかれて、昌弥ははっと顔を上げた。

え？　え？　何!?

俺、なんかした!?

「花山くん、もう終業時間なんだけど、どこまでできた？」

見上げると、藤原がにこにこと笑いながら立っていた。昌弥も慌てて立ち
瞬間、中に入っていたピンクローターが動いて、昌弥は悲鳴を上げそうになった
「どうかした？」

うつむいて、唇を噛んでいる昌弥を、藤原は心配そうにのぞき込む。昌弥はわざとしか
め面を作った。

「いま、足の小指をぶつけてしまって」

「ああ、痛いわよね」

藤原が笑った。

「あの瞬間は、足の小指なんてなくなっちゃえばいいのに、って思わない？」

「思います」

昌弥はうんうんとうなずいた。それから、書類を藤原に手渡す。

「とりあえず、あきらかな間違いは青、ぼくの疑問点は黄色で附箋を貼ってあります。あ

と二時間ぐらいあれば、全部チェックできるかと」

「…ねえ、岩根」

藤原は岩根を振り返った。

「この子、もしかして使えるの？」

「使えなきゃ、私がつくわけないでしょう」

岩根は平然と答えた。昌弥は驚いて、ぱっと岩根の顔を見る。岩根の表情は変わらない。

変わらないけれど。

もしかして、いま、ほめてくれたの？

「使えないから、ついたのかと思ったわ」

「まさか。私は子守りをする趣味はありませんよ」

「ふーん、そっか」

藤原はうんうんとうなずいた。

「花山くん、ごめんね。私、正直言うと、あなたのこと見くびってたわ。研修が終わったばかりのぺーぺーなんか取らずに、もっと経験のある即戦力を取ればいいのに、って。でも、まあ」

藤原は書類をぱらぱらとめくって、附箋に書いてある文字を確認していく。

「これを一日でできるとはね。裁判に間に合うかどうか、だと思ってた。もちろん、間に合いそうになかったら、岩根にやってもらうつもりだったけど」

「何度も同じことを言わせないでください。私はだれの尻拭《しりぬぐ》いもするつもりはありません」

淡々とした口調は変わらないのに、不愉快だと思っているのがよく分かる。藤原は肩をすくめた。

「だって、特例でしょ。岩根が…」

「藤原先生、終業時間ですよ」

岩根が藤原の言葉をさえぎった。

「どうします？　それ、最後までやらせます？　花山先生にいま必要なのは、経験です。本人も、睡眠時間をけずっても、いまは仕事をやらなければならないことは自覚しています。なので、遠慮せずに、仕事をさせてください」

「分かったわ」

藤原は晴れ晴れとした顔で、昌弥のほうを向いた。

「それ、今日中に上げて、明日の朝までに私の机の上に置いといて。確認したら、間違いなどを直してもらって、最終的な書類作りまでやってもらいます。あと、石田」

「はい？」

「未処理の書類が山ほどあるでしょ？　裁判終わったやつは、全部花山くんに回して。判例とか見てもらうのが、一番早いと思うから」

「分かりました。じゃあ、いま、ぱっぱと分けちゃいますね」

石田は部屋の隅にあるダンボール箱を持ってくると、その中から書類を全部出して、右と左にすばやく分けていく。左の山のほうが、圧倒的に多い。

「はい、これ。よろしくお願いします」

その左の山を渡された。昌弥は、はい、とうなずく。

「がんばります」

「がんばってね。今日の残業も。私は帰るわ。ここでやってもいいし、自分の部屋でやってもいいけど、どうする？　やるなら、岩根に鍵預けるわ」

「ここで」

岩根は即答した。

「あの資料を全部運ぶのは、能率が悪いですから。鍵、貸してください」

「はい、よろしく。石田は？　帰らないの？　なんなら、あんたも残業してく？」

「まさか！　帰りますよ」

石田は慌ててパソコンの電源を落とすと、さっさと帰り支度をした。藤原と石田が、お先に、と言って出ていく。

二人で部屋に残されて、昌弥はどさっと椅子に座った。そのとたん、また中のものが動いて、今度こそ、昌弥は悲鳴を上げる。

「よく我慢しましたね」

岩根はドアの鍵をかけると、昌弥に近づいてきた。昌弥は椅子ごと後ずさる。

「ずっと見てたんですけど、本当にすごい集中力でした。研修のときのうわさは、本当だったんですね」

「う…わさ…？」

昌弥は声が甘くならないように気をつけながら、岩根を見上げた。

「そう。ものすごい集中力と記憶力を持った子がいる、といううわさです。お昼、お弁当を食べながら、昌弥はこの書類の内容を復習していたでしょう？」

昌弥、と呼ばれた。

名前を呼ばれるときにされることは、ただ一つだ。

いやだ、と思わなきゃならないのに。

もうしたくない。

あんなことしてほしくない。

そう思わなきゃダメなのに。

胸の奥がざわめく。

「ああ、覚えてるんだ、と感心しました。私ですら、全部記憶できるかどうかは危ないですからね」

「え、でも、まだ、あのときはちょっとだけしか読んでなかったし」

ほめられて、どうしていいか分からなくて。

本当は嬉しいのに、そんな言葉しか出てこない。

「ちょっとだけでも、すごいことです。というわけで、ちゃんと働いたごほうびをあげましょう」

岩根がにっこりと笑った。表情も変わる。

「ズボンを脱いで」

お昼と同じセリフを言われて、ああ、と思った。

やっぱり、そうだ。

抵抗しなきゃ、と。

いや、と言わなきゃ、と。

思うのに、言葉が出てこない。

「昌弥は、それを中に入れたまま帰るつもりですか?」

岩根がからかうような口調で言った。

「私は別にかまわないですけど。ときどき、スイッチ入れてみたりするかもしれませんよ?」

昌弥は絶望的な気分で、こっそりとため息をついた。

そうだ。ズボンを脱がないと、あれを出してもらえない。

「出すだけですか?」

昌弥は小さな声で聞いた。岩根は肩をすくめる。

「私はそのつもりですけど、昌弥がもっとしてほしいって言うんでしたら…」

「あ、いいです! 出すだけにしてください!」

昌弥は岩根をさえぎって叫ぶ。岩根は軽くうなずいた。

「分かってますよ。昌弥はしなければならない仕事もありますからね。じゃあ、さっさと下を全部脱いで、机の上に座って」

岩根は言いながら、資料や書類を床の上にどけた。小さな机だから、そうしないと、昌弥が座るスペースがない。

昌弥は深呼吸をすると、すばやく下を脱いだ。それから、机の上に座って足を広げる。

これを出してもらって、書類のチェックをしたら、今日は無事に家に帰れるのだ。

あんな小さいものを出すのに、そんなに時間はかからないだろう。

岩根の指が、足の間に伸びてきた。閉じたままの蕾を、くすぐるように撫でる。

「やっ…何っ…?」

昌弥は目を見開く。

どうして、そんなところを触るの?

中に指を入れて、出してくれればいいだけなのに。

「この中に、あんないやらしいものを入れてるなんて、私以外、だれも知らないんですよね」

そう言いながら、岩根がやっと蕾を左右に開いた。中に指を入れるのかと思いきや、少しだけ出ているコードを、つん、つん、と引っ張る。そのたびに、ちょっとだけピンクローターが動いて、昌弥は体をのけぞらせた。

「やぁっ…引っ張っちゃだめぇ…」

「どうして？　どのくらい奥に入ってしまったか、確かめてるだけですよ」

「入ってないからっ…早く、抜いてくださっ…」

「分かりませんよ。昌弥が動くたびに、奥にいったかもしれないし。さっきより、コードが短くなってる気がするんですが」

「なってないですっ…やっ…やぁっ…」

また岩根はコードを引く。つるりとした表面が内壁を刺激して、昌弥はますますのけぞった。

「まあ、いいでしょう。中を探れば分かることですし」

ようやく、中に指が入ってきた。昌弥は唇を噛んで、あえぎを殺す。

ただ取ってもらうだけ。

それ以上の意味はない。

こんなの、全然、気持ちよくない。我慢できる。

岩根の指は、そんな昌弥の決心をあざ笑うかのように、どんどんと中に入っていく。

「岩根さっ…まだ…ですか？」

「まだみたいですね。指に当たりません。心配しなくても、大丈夫ですよ。コードをたどってますから、すぐにたどりつきます」

「お願いしま…いやぁっ…」

さっき見つけられた、昌弥の一番感じる部分を撫でられて。昌弥はとうとう、あえぎ声を上げた。岩根はそこを何度か強く押す。

「やっ…あぁん…そこっ…触らないでっ…」

「え、でも、ここが昌弥の一番感じる部分かどうか確かめないと。だって、さっき、ここにローターを入れたはずでしょ？」

…そう言われればそうだった。昌弥は岩根を見る。

「それとも、ちがいます？　もっと奥？」

「そ…こです…」

顔が真っ赤になっていくのが、自分でも分かった。岩根が眉をしかめる。

「じゃあ、やっぱりもっと奥に入ったってことですね」

岩根は、指を少し奥まで入れてきた。昌弥はもう体を支えきれずに、机に背中をつける。

「誘ってるんですか？」

岩根は目を細めた。昌弥はぶんぶんと大きく首を振って、体を起こそうとするのだけれど、そのたびに、指を動かされて、どうにもならない。

「あっ…あぁん…」

「あ、すみません」

岩根はまったく悪びれない様子で謝る。

「いま、見つけたんですが、間違えて押してしまいました。ちょっと奥に入ったから、もう少し我慢してください」

「早くっ…やぁっ…」

岩根の指が、どんどん深く入ってくる。

「岩根さっ…」

昌弥はうるんだ目で、岩根を見た。

「コード引っ張ればいいんじゃ…」

「でも、コード切れたら、ローターだけ中に残りますよ？　それでもいいなら、引っ張りますけど？」

「あ、やっぱり指でお願いします！」

ローターだけ残されるなんて、死んでもごめんだ。

「だったら、もうちょっと我慢してください。ああ、そうだ。早く発見できるいい方法を思いつきました」

岩根はにっこりと笑った。

昌弥には、もう分かっている。

岩根が笑うときには、ろくなことが起きないのだ。

「な、なんですか…？」

それでも一縷《いちる》の望みを託《たく》して、昌弥は聞いてみた。

「ローター動かしてみたらいいんですよ。振動したら、どこにあるかすぐ分かるでしょう？」

「いやですっ！」

昌弥は思い切り叫んだ。なのに、岩根は聞いている様子がない。

「岩根さん？　聞いて…あぁぁっ…」

昌弥の先端から、透明な液体が小さい粒となって、つぎからつぎへと浮かぶ。さっきよりも全然奥で、ピンクローターが振動し始めたのだ。

「いやっ…あっ…ああっ…」

「ほらね。動かすと分かりやすい。すぐに取ってあげますよ」

早く、早く、早く！

お願い、早く！

ピンクローターの振動で、内壁がほぐされていく。しばらくしたら、昨日のように、吸いつくようにうごめき始めた。

「昌弥」

岩根がたしなめるように声を出す。

「そんなに締めつけたら、指も奥に入れられないでしょ？　気持ちいいのは分かったから、少しゆるめて」

「できなっ…やっ…やぁっ…」

好きで締めつけているわけじゃない。ゆるめ方なんか、知らない。

言いたいことが分かったのか。岩根はうなずくと、空いているほうの手を、昌弥自身に伸ばした。

「それもそうですよね。ゆるめる方法なんて、分からないに決まってます。じゃあ、ここをいじってあげたら、ゆるみますか？」

岩根は昌弥自身をゆっくりとこすり始めた。ひくん、と内壁が震えて、一瞬だけゆるむ。

その隙に、岩根の指は、奥までたどりついた。

「じゃあ、出しますよ」

振動したままのピンクローターを、岩根は指でゆっくりと引っ張り始めた。位置が変わるたびに、ちがう場所を刺激して。昌弥の体の熱を上げていく。

この感覚には、覚えがある。

「あと、こっちも」

岩根は昌弥から手を離すと、シャツのボタンを片手で器用に外した。

「なっ…あっ…ああっ…」

なんでシャツを脱がせるんですか、という言葉すら出せない。ピンクローターを引かれるたびに、新たな快感が湧き起こる。

「いやらしいなあ、と思ってたんですよ」

岩根は目を細めた。

「昌弥の乳首、午後、仕事をしている間もずっととがってましたからね。ほら、いまも」

ぷつん、と突き出した乳首を、岩根は指でつまんだ。

「あぁん…やぁっ…」

中をいじられるのとはちがう、しびれるような快感。乳首をいじられるたびに、中のひくつきがひどくなる。

「ぷくんとふくらんで、私に触ってほしがってる。昌弥はどこもかしこもいやらしいですね」

両方の乳首を交互につまみ上げながら、岩根は笑った。

「ああ、そうだ。まだ感じるところがありましたね」

言うなり、岩根は昌弥の唇をふさいだ。ちゅっ、ちゅっ、と上唇と下唇を吸い上げられて、舌が中に入ってくる。

受け入れちゃだめだ、と思うのに、舌は昨日教えられたとおりに、岩根の舌に絡みついた。しばらく、舌を絡ませあっていると、ちゅぷ、という唾液の音がし始める。唾液を飲まされて、飲み込めないぶんが唇のはしから滴《したた》った。

いつの間にか、ピンクローターを引く動きが止まっていた。昌弥の中を指で探って、一番感じる部分にそれを当てる。

「んんっ…んっ…んーっ…」

唇をふさがれているせいで、声が出せない。昌弥の体がびくびくと震える。

しばらく、ピンクローターで刺激されて。

我慢しよう、と思ったのに。

ものすごくがんばったのに。

「んんっ…!」

昌弥は欲望の証拠をすごい勢いで放った。岩根の舌が、なだめるように優しく、昌弥の舌を舐めていた。

唇を離されても、何かを言う元気も出ない。昌弥は、ただ荒く息をついて、横たわっている。

やっとピンクローターを抜いてくれると、岩根はそれを昌弥に見せた。

「ほら、見て、昌弥」

岩根は楽しそうだ。

「こんなにぐっしょり濡れてる。昌弥の中が、濡れたんですよ」

そんなことない、と思うのに。

男だから濡れるはずがない、と否定しようとするのに。

じゃあ、どうして、こんなに濡れてるの、と聞かれたら、答えられない。

男なのに濡れるなんて、そんなのあるのだろうか。

「いるらしいですよ、男でも濡れる人」

昌弥の疑問が分かったのか。岩根が笑いながら、そう言った。

「よっぽど感じると、濡れるらしいです。ということは、昌弥はいま、ものすごく感じてたんですよね」

ちがう、とも言えずに、昌弥は横を向いた。

「さてと」

ああ、仕事しなきゃ。

岩根の言葉に、そう思う。

そうだ、まだ終わってない。

「せっかく出したんだから、ほかの場所にも使ってあげましょう」

「…え？」

岩根の言っている意味が分からずに、昌弥は首をかしげる。

「別に、用途は中に入れるだけじゃないですからね。感じる部分に当てたら、おもしろいことになると思いません？」

「お、思わないです！　俺、仕事がっ…」

「昌弥は優秀だから、大丈夫です。それに、昌弥があんなにかわいい声を出して、あんなにいやらしい姿を見せるものだから、私のがこんなになってしまいました」

ジーッ、とジッパーを下げる音。岩根はそこから、自身を取り出した。それはもう、完全に勃ち上がっている。

「責任取ってもらわないと、私も仕事ができません」

「責任…？　どうやって…」

「簡単なことですよ」

岩根はにっこりと笑った。

「ローターを抜いて、あいてる場所があるでしょ」

「いやですっ…なんでっ…」

昌弥は逃げようとした。

本当に、逃げようとしたのだ。

だって、入れられたらセックスをすることになる。

媚薬のせいにできない、ただのセックス。

それをしてしまったら。

岩根にそんなことをされたら。

気持ちが、引きずられてしまう。

隠していた気持ちが、暴かれてしまうかもしれない。

なのに、岩根は、抵抗する昌弥の足を押さえて、ピンクローターを抜いたばかりで、まだひくついている昌弥の中に、自分のものを深々と突きさした。

「いやぁっ…！」

大きなものを、急に入れられて。昌弥の中はそれを拒もうとするのに、岩根は奥へと入れていく。昨日、たくさんしたせいで、その大きさに慣れていた内壁は、すぐに引き込むような動きに変わった。

ひくん、ひくん、とうごめいて、岩根にまとわりつく。

「ああ、気持ちいいですね、昌弥の中はやっぱり」

岩根は全部収めると、手に持ったピンクローターを、つん、と上を向いている乳首に押し当てた。ブブブ、という振動音とともに、快感が全身を駆けめぐる。

「あっ…やっ…あぁん…」

「まだ赤くなるんですね。ほら、こっち、真っ赤に熟《う》れてきましたよ」

乳輪の上を回したり、乳頭を押さえつけたり、側面を刺激したり。両方の乳首を、岩根はピンクローターで刺激する。これ以上とがるはずがない、と思っていた段階から、乳首がまた少しとがった。乳首が、ちょっと大きくなっている気さえする。

「そんなにひくつかないで。すぐに、あげますから」

岩根は言うと、腰を引いた。ずるり、と抜ける感触のあと、また一気に奥まで入れられる。

「やっ…ああっ…」

ぐちゅ、ぐちゅ、と中から音がした。

感じると、男でも濡れる。

それは本当なのかもしれない。

「あっ…んっ…いやっ…」

昌弥は首を振った。首を振って、否定していないと。

こんなのちがう。気持ちよくない。

そう、思ってないと。

流されてしまいそうだから。

「んっ…やっ…」

首を振りながらも、昌弥の腰が岩根に合わせて、かすかに動き始めた。岩根がにやっと笑う。

「もっと動かないと、気持ちよくないんじゃないですか？」

からかうような岩根の口調に、腰を止めようとするのだけれど。乳首にいっそう強くピンクローターを当てられて、体が跳ねた。

「あっ…いやぁっ…それ…だめっ…」

昌弥は岩根の手を払おうとした。だけど、岩根は乳首に押し当て続ける。

「素直に感じて、腰を動かしていればいいんですよ」

岩根はそう言うと、奥を、ガン、ガン、と突き始めた。最奥《さいおう》を貫かれるたびに、悲鳴のような声が漏れる。それなのに、昨日のことを覚えている昌弥の内壁は、岩根にまとわりつくように、包むように、しぼりあげるように、うごめくのだ。

「…ああ、やっと昨日の昌弥が戻ってきましたね」

ふわり、と目を細められて。

優しく、そう言われて。

昌弥の胸が、ずきん、と音を立てて痛んだ。

どうして、そんな優しい声を出すの？

自分のことなんて、なんとも思ってないくせに。

植木に手を出されたら困るから、相手をしているだけのくせに。

…なんの興味もないくせに。

だけど、体は心を裏切る。

嬉しい、と。

奥まで埋め込まれて嬉しい、と。

ますます岩根を飲み込もうとする。

岩根は激しく動き始めた。昌弥はもう、あえぎ声しか出せない。

頭の中が、真っ白になっていく。

今度はゆっくりと、そして、前後に大きく動かれて。くちゅん、と内壁が濡れた音を立てた。昌弥の腰は、もう止まらない。抜かれそうになると、岩根を締めつけてしまう。

「いやらしくて、素直な昌弥はいいですね」

目を細めた岩根に、そんなことを言われて。

恥ずかしいのに、ますます体は熱くなる。

岩根が動くたびに、昌弥自身の先端は、快感の印を滴らせた。

「昌弥の中、やわらかくて、温かくて、気持ちいいですね。もうイキそうです…」

岩根がかすれた声で言った。昌弥は岩根にぎゅっとしがみつく。

イッてほしかった。

これ以上、自分の中に入ってこないでほしかった。

心も、体も。

きっと、もう耐えられないから。

「一緒にイキましょう」

岩根はそう言って、昌弥のものをこすり始めた。昌弥はその言葉に、こくん、とうなずく。

岩根の動きがますます速くなり、それにあわせて、昌弥をこする手も同じ速度になって。

「あぁあっ…」

二人は同時に放った。

中に入ってくる、岩根の液体の温かさを感じる。

どくん、どくん、と動いている岩根自身の動きも。

しばらく、重なりあって、ぎゅっと抱きあっていた。

動きたくない。

このまま、この快感に身を任せたい。

だけど。

「さて、と」

先に立ち直ったのは、岩根のほう。やわらかくなった自身を引き抜くと、用意してあったのか、手元にあるティッシュで軽く全体をぬぐって、ズボンの中にしまう。

「仕事のほうは、今日中ですから。がんばってください。終わらないことには、私も帰れませんので」

もう、秘書の顔。

さっきまでの、優しい言葉や表情など、まったくない。

「あと、植木に関わらないでください。植木に色目を使った場合、毎回、今日と同じおしおきをします。されたくなければ、植木に関わらないでください」

「…はい」

色目なんか使ってない。

関わろうと思っても、関われない。

それを、どうして分かってくれないんだろう。

植木なんて、見てないのに。

あこがれてるけど。

たしかに、法廷に通《かよ》ってはいたけど。

自分がずっと見てきたのは…。

昌弥は唇を噛んで、のろのろと体を起こした。

考えてもしょうがない。

誤解は、きっと一生とけない。

だったら、岩根が言うようにすればいい。

植木のことを、見なければいいのだ。

「ティッシュ、ください」

昌弥は手を出した。岩根がボックスティッシュを、取ってきてくれる。

「ふきましょうか?」

セックスをしているときのように、いたずらっぽく言われたのだったら、ふいてもらっていたかもしれない。

だけど、岩根の顔に、表情はなかった。

ただの義務で、ふいてもらいたくなんかない。

「大丈夫です。自分でふけます」

「そうですか。それでは、これを」

岩根は床に落ちていた下着とズボンを昌弥に手渡した。

「書類について、何か質問があれば呼んでください。ちょっと、洗面所に行ってきます」

「分かりました」

去っていく岩根の背中を見ながら。

ここで泣けたら、どんなにいいだろう、とそう思った。

ここで、わんわんと泣けたなら。

できない、と分かっているけれど。

それでも、泣きたかった。

胸が痛くて痛くて、しょうがなかった。


結局、書類のチェックは三時間かかった。十時を過ぎて、人影もなくなったビルの中を、二人でエレベーターに向かって歩く。

「送ります」

「大丈夫です」

二人きりの空間が怖くて、昌弥は首を振る。だけど、強い口調で言い返された。

「ダメです。少しでも寝ておかないと、明日からもちません。電車より車のほうが速いですから、乗ってください」

「…分かりました」

言い争っても、どうせ勝てない。だったら、素直に言うことをきいておけばいい。

帰りは二人とも何もしゃべらなかった。

黙ったままなのに、今朝よりも気まずくない、不思議な空間だった。

第5章　好きって言って?

5, Please say the favor

忙しい、という言葉の意味を初めて知った。

昌弥が仕事ができると知った藤原の、昌弥への要求は日に日に増していき。家に帰るのは夜中すぎ。そして、朝八時にはまた出社、というのが最後の日まで続いた。もちろん、土日も出勤。

そして、岩根も昌弥にあわせて行動をするものだから。

「先に帰ってください」

「だめです。私は秘書ですから」

「大丈夫です。タクシーで帰ります」

「送ります」

「こんなに早くむかえに来ていただいたら悪いです」

「ですから、これも秘書の仕事の一つだと毎回言っているでしょう?」

こんなやりとりが、毎日続く。

送り迎えをしてもらうのは、本当にありがたい。ありがたいけれど。

岩根は、自分を送ってから部屋に戻り、そして、むかえに来るために、自分よりも早く起きている。岩根の家から自分の家までは、車で二十分ぐらいだとはいえ、岩根に負担をかけているのは事実だ。

仕事を任せられているのは自分なのに。

そして、それに時間がかかって、毎回毎回、遅くまで残らなきゃならないのも、自分のせいなのに。

どうして、こんなに仕事ができる岩根が巻き込まれなきゃならないんだろう。

任された書類は、あまり複雑じゃないものばかりで。質問をしなくても、自分の力だけで、どうにかできる。岩根は日中は藤原のサポートのようなことをして、夜、昌弥が帰るまでは、適当に机を借りて、何かをやっている。

だけど、自分に依頼人がいない以上、秘書の仕事はない。

「仕事なくて暇じゃないですか?」

気になって聞いてみても、仕事ならたくさんあります、の返事ばかり。

「でも、夜遅くて、朝早かったら、睡眠時間、足りないですよね?」

「私はそんなに眠らなくても大丈夫ですから。睡眠時間は、五時間で足ります」

「え、すごいですね」

休日は、十二時間ぐらい寝てしまう昌弥が感心して言ったら、どうでもいいように返された。

「すごくないです。ただの体質ですから。それより、その書類、終わりましたか?」

「あ、はい」

昌弥は処理ずみの書類を岩根に手渡した。岩根がそれをチェックして、最終チェックを藤原に任せる。ミスがあると、まず岩根が指摘してくれるので、藤原のところにいくときには完璧に近い書類のできあがり。藤原はますます感心し、さらに仕事が増え。

最近は、たまに仕事中に、うつらうつらしてしまうことがある。

はっ、と顔を上げると、いつの間にか三十分たっていたりして。どうしよう、怒られる！　ときょろきょろ辺りを見回すと、岩根がなぜか昌弥を隠すような位置に立ってくれていたことが何度もある。

昌弥が動く気配で起きたのに気づくと、岩根は昌弥を振り返り。

「眠いのは分かりますが、ちゃんと起きていてください。顔でも洗いますか？」

「…はい、そうします」

洗面所に行って、顔を洗って、眠気をさまして、

「すみません」

岩根に謝って、また仕事に戻る。

「いえ、眠っているのを見られると、困るのは私ですから」

そっけなく言われるのも、当然だ。仕事中に眠るような無能な弁護士の秘書だなんて、思われたくないのだろう。

その藤原のところも、今日で終わり。

六時になると、藤原が手をたたいた。

「さーてと」

つかつかと、昌弥のところにやってくる。

「今日でイソ弁も終わりね。残念だわ。そろそろ書類が片づきかけてたのに。今日はもう帰っていいわよ」

「え、でも、この書類がまだ…」

机の上に積まれた書類に、昌弥は目を落とす。

「ああ、それは、そのうち石田がやるからいいわ。花山くん、この二週間がんばってくれたし。今日はもう帰って寝なさい。疲れた顔してるわよ」

昌弥は、ちらり、と岩根を見上げた。

この好意は受けてもいいのだろうか。

岩根がかすかにうなずいた。それを見て、昌弥はほっとする。

本当のことを言うと、眠気が限界に近づいていたのだ。

「明日から、また別の先生のとこね。がんばって」

藤原は最後に、にこっ、と笑顔を浮かべた。

「あなたがどれだけ仕事ができるか、私が回しておいたから、どうせこの先も忙しいわよ。寝なさい。睡眠は、基本よ」

「はい、ありがとうございます」

昌弥は立ち上がって、深々と頭を下げた。

「この二週間、とても勉強になりました。本当にありがとうございました」

書類の整理ばかりしていたわけでもなくて。依頼人とのやりとりを聞いて、なるほど、こういうふうに話を進めるのか、と納得したり、一度は裁判に連れていってもらって、その慣れた風情に感心したり。

本当に勉強になったから。

「そう言ってもらえると嬉しいわ。私も、新人のころってこうだったかしら、とちょっと若返った気にもなったし」

「気だけですよ、気。先生が若返るわけないじゃないですか」

「うるさい、石田。若いのがいいと思ったら、大間違いよ」

そう、この二人の会話にも、よく笑わせてもらったものだ。

信頼しあっている弁護士と秘書、というのが分かるから、おたがいの悪口を言っていても、楽しそうで。

いつか。

本当に遠い先の、いつか。

自分と岩根もそうなれるのだろうか。

そうなれる日まで、岩根は自分の秘書でいてくれるのだろうか。

「じゃあ、最後だから、今日は見送ってあげるわ。花山くんと岩根が、先に出なさい」

「お言葉に甘えまして」

昌弥が何かを言うよりも先に、岩根がそう言った。きっと昌弥がうなずかないと思ったのだろう。

岩根がそう言った以上、自分だけが残るわけにもいかない。

昌弥は書類を整理して、ドアのところで待っている岩根のもとへ急いだ。

「それではお先に失礼します」

頭を軽く下げる岩根をまねて、お先に失礼します、と言うと、昌弥は深々と頭を下げた。

きっと、もうこの部屋であんなに長い時間を過ごすことはない。

そう思うと、少しだけ寂しい。

「ああ、岩根」

岩根がドアを閉める前に、藤原が声をかけた。岩根が返事もせずに、顔だけを向ける。

「あんたも人間だったのね。機械かと思ってたけど」

「おっしゃる意味が分からないのですが」

「花山くん、甘やかし…」

「失礼します」

岩根は最後まで言葉を聞かずに、ドアを閉めた。いいの？　という顔で見ると、岩根は無表情のまま、先に立って歩き出す。

「それでは、お送りしますので、とにかくゆっくり寝てください。明日の先生は、十時を過ぎないと出勤していらっしゃいませんので、九時にむかえにあがります。いいですね？」

「はい」

いつもは七時半にむかえに来てもらっていたから、一時間半ほど遅くまで寝ていられる計算だ。

それよりも何よりも、いまは六時。家に帰っても、七時にはならなない。

やった！

ものすごくたくさん眠れる！

「お疲れさまでした」

エレベーターのドアを開けながら、岩根が淡々と言った。昌弥は驚いて、顔を上げる。

いま、もしかして、お疲れさま、って言った!?

「正直に言いますと、あそこまでやるとは思ってませんでした。弱音も吐かれなかったですし、本当に一生懸命仕事をされていましたので、こういう言い方が失礼なのは承知ですが、見直しました。つぎの先生は、藤原先生よりもっと厳しいです。刑事専門ですから、覚悟しておいてください」

「はい！」

刑事事件のほうが、案件の複雑なものが多い。人の暗黒面を見るものなので、気がめいる、という話も聞く。

刑事と民事、どっちが自分に向いているのか、どっちがやりたいのか、昌弥にはまだ分からない。普通、弁護士は刑事も民事も取り扱うが、そのうち、自分の得意なもの、自分がやりたいものが見えてきて、方向性もだいたい決まっていく。

最初のうちに、たくさんの弁護士の下で仕事ができるのは、実にラッキーなことだ。あと四ヶ月。いろんなことを吸収していこう。

家の前について、いつものように、ありがとうございます、と頭を下げて車を降りようとしたら。

「ゆっくりと、ちゃんと寝るんですよ」

優しい声が響いた。

普通のときに、こんな口調を聞くのは初めてで。

振り返ったら、いつもの無表情な顔。

「それでは、また明日」

淡々と言われて、昌弥は、はい、とうなずいて、車を降りる。すぐに発車した岩根の車を呆然と見送りながら。

いまのは夢だろうか、と思った。

あまりにも疲れたせいで聞いた、幻聴かもしれない。


それから先の忙しさなんて、思い出したくもない。

ようやく、八人目の研修を終えて、やはりその日も定時で帰してもらい、岩根の車の中でぐったりと体をシートに預けながら、昌弥は眠りそうになる目を必死で開けていた。

「お眠りになっても結構ですよ」

「いいえ、大丈夫です。ここで寝たら、家に着いて、起きたときにつらいんです」

だいたい乗り物の中で寝るのが、昌弥はあまり得意ではない。起きたときの、あのぼーっとした感覚で、すぐに歩いたり、人ごみに出なきゃいけないのが、どうしてもだめなのだ。

「明日からですが、植木のところで研修になります」

「え!?　植木先生!?」

そうだ。そういえば、すっかり忘れていた。

あの事務所には、植木もいるんだ!

忙しいと、脳は目の前のことしか処理できないのかもしれない。植木のところで研修があることも、まだその順番がきてないことも、まったく考えていなかった。

「植木は朝が早いです。始業一時間前には、必ず事務所にいます。ですから、八時にはおむかえに上がりますので、用意なさっておいてください」

「はい」

やっぱり、植木に対しては、なぜか口調が冷たい。

だけど、いまはどうでもいい。

ただ、眠い。

あこがれの人も、眠気には勝てないのだ。

「あと、これは分かっていると思いますが」

車を家の前に止めると、岩根はじろりと昌弥を見た。

「あの約束はまだ生きています。植木に色目を使ったりしたら、どうなるか覚えておいてください」

約束…？

何それ…。

「あーっ！」

思い出した！　ピンクローターだ！

「で、でも、一緒の部屋にいなきゃいけないですし、顔見ないと話せないですし、それに、俺、仕事のことしか考えてないですよ？」

昌弥は必死で言い募る。ただ見ただけで、見とれてた、だの、色目を使った、だの言われたら、毎日、おしおきをされてしまう。

「その辺は、私も考えてあります。ですから、いままでと同じように、集中して仕事をしてください。様子がちがうかどうかは、私が判断します」

でも、でも、でもっ！

いままでだって、植木をそんな口で見たことなんてないのにっ！

「分かりましたね？」

念を押されたら、もう答えるしかなかった。

「…はい」

「それでは、おやすみなさい」

岩根は淡々とそう言った。それを合図に、昌弥は車を降りる。

明日からどうなるか、なんて、いまは考えたくなかった。

ただベッドが恋しかった。

「おはようございます」

岩根が昌弥を連れて、植木の部屋に入るなり、机についていた植木がじろりと顔を上げた。

「てめえ、いい度胸してんじゃねえか」

「何がですか？」

「この二週間、毎日裁判が入ってるってのは、どういうことだよ」

「それは、あなたが勝手にお決めになったことでしょう？　私は知りませんよ」

「そうか？　じゃあ、四ヶ月前ぐらいから、この二週間に裁判がある依頼人ばっか所長から回されたんだが、それも俺の気のせいか？」

「いやなら、お断りになればよろしいでしょう」

「はっ、俺が所長の頼みを断れないのを知ってて、言うか？　だいたい、いつイソ弁が回ってくるかも知らねえし。なーんか集中してんな、と思いながら受けたら、そういうことかよ。ったくよー。おまえのもんに、興味なんかねえんだよ。そんなに警戒すんな、めんどくせー」

「何をおっしゃっているのか、まったく分かりません」

岩根はいつもの調子で、冷たく答える。植木も負けてはいない。

「何をおっしゃってるのか、まったく分かってるだろう。おら、とっととそのイソ弁、連れてこい。朝イチで裁判があんだから、あいさつだけすませとく」

「もう、いらっしゃってます」

岩根が体を引いた。岩根の後ろで、いまのやりとりをはらはらしながら聞いていた昌弥は、突然視界が開けて、びっくりする。

目の前には、眉間に皺を寄せた植木。植木が昌弥を見る。

「よっ。花山」

植木の顔が急にほころんだ。いままで、岩根と言い争っていたとは思えないほどの、親しみのある口調。

「いろいろ聞いてるぜ。おまえ、仕事できんだってな。美人なのが、唯一の長所かと思ったんだけど。んで、手取り足取り指導してやりたいとこだが、あいにく、この二週間、俺は裁判づめだ。俺の有能な秘書が、おまえのやることを指示するから、それに従え。尋《ひろ》」

「はい」

尋、と呼ばれた秘書が、ぴょこん、と顔を出した。

ああ、本当だ、と昌弥は思う。

目が大きくて、くりくりとした、かわいいタヌキ、という印象。

岩根が言っていた、タヌキ顔が好み、の意味ぐらい、昌弥にだって分かる。

この人が、きっと、植木の恋人なのだ。

「こいつ、しつけとけ。あと、岩根。おまえは俺と一緒にこい」

「死んでもごめんです」

岩根は物騒なことを、平然と口にする。

「俺だってだ。けどな、おまえが俺を近づけたくないように、俺だっておまえを近づけたくねえんだよ。こういうのは、おたがい、公平に行こうぜ。いやなら、俺もいろいろ画策するけど?」

岩根はしばらく黙ると、それから、小さく息を吐いた。

「花山先生」

「は、はい」

人がいるところでは、かならず、岩根は昌弥をこう呼ぶ。いまだに、岩根に言われると緊張してしまう。

先生、と呼ばれるほどの弁護士にはなれていないから。

「私もこれから二週間、裁判づくめになります。昼間は高橋《たかはし》の指示に従ってください」

高橋? だれ、それ、と思ったら、尋がにこっと微笑んだ。ああ、この人、高橋尋っていうんだ。

「高橋、私の代わりに、花山先生の指導をよろしく。まあ、花山先生も、この四ヶ月で仕事がだいぶできるようになったから、手間はかけないと思うが」

昌弥は驚いて、岩根を見た。

ちゃんと、この四ヶ月の努力を認めてくれていた。

そのことが、こんなにこんなに嬉しいなんて。

だけど、岩根はそんな昌弥に気づいてないのか、気づいたとしてもどうでもいいのか、表情を変えずに、昌弥を見る。

「高橋は、私ほどではないですが、優秀な秘書です。法学部を主席で卒業して、植木の秘書になんてなってしまった、変わり者ではありますが」

「ひどいですよ、岩根さん」

尋はぷーっと頬をふくらませる。

「植木先生につくのは、みんなの夢なんですから。だいたい、岩根さんだって、なんだかんだ言っても、植木先生の実力は認めてらっしゃるんでしょう?」

「それすら認めてなかったら、とっくに私はこの男を事務所から追い出してます。認めてないのは人格だけです」

「まーたまた。その人格も結構好きなくせして。さあ、二週間限定のパーフェクトコンビ復活だ！　にぎやかに行こうぜ！」

植木は岩根の肩を抱いた。岩根が即座にその手を振り払う。

「気安く触らないでください」

「気安く触るに決まってんだろうが」

また肩を抱き、それを振り払い、の攻防を続けながら、二人は外に出た。昌弥は呆然とそれを見送る。

「ああ、尋」

植木がひょいと顔を出した。

「俺が二週間いなきゃ、仕事がはかどるだろ。そいつもこき使って、おまえが休んだ間の書類、片づけとけよ」

「日本語は正確に使ってください」

尋は顔をしかめた。

「休んだ、じゃなくて、休まされた、です」

「ほー、そんなこと言うか」

植木はにやりと笑う。

「もう一回、休ませてもいいんだぜ？」

「…片づけておきます」

尋は昌弥にも分かるぐらい、赤くなった。植木が尋を手招く。

「なんですか？」

「花山、向こうむいてろ」

「はい」

昌弥は言われたとおりに、そっぽを向く。ちゅっ、という音が、高く響いた。

「鷹臣さっ…ちがっ…植木先生！」

「いいじゃねえか。分かってるよ、花山も。な？」

「そうですね」

昌弥はまだちがう方向を見ていた。植木は気にしないだろうが、尋はますます赤くなっているだろう。

「タヌキ顔がお好みとお聞きしましたので」

「あいつは、美人の豹が好きだと…なんだよ！」

「もう十分待ちました。さっさと行きますよ」

「ったく、うっせえなあ。恋人同士の甘い時間を邪魔すんじゃねえよ」

二人のかけあいが、遠くなっていく。それでも動かないでいると、そっと背中をたたかれた。振り返ると、尋がまだ赤い顔で昌弥を見ている。

同じぐらいの背なんだな、とどうでもいいことを思う。

自分と岩根も、並んだら、植木と尋のように見えるのだろうか。

昌弥は慌てて、その考えを打ち消した。

だめだめだめ！

そんなこと、考えちゃだめ！

「あ…のですね、植木先生、冗談が好きで。ああいうこと、だれにでもするんです。だから…」

必死で、言い訳を考えたのだろう。昌弥はくすっと笑った。

「そうなんですか？」

「そうなんです。困ったものですよね」

尋がほっとしたように息をついた。それで尋の気が楽になるというのなら、気づかないことにしておこう。

「ところで、花山先生は仕事がおできになると聞きましたが」

「できませんよ！」

昌弥はぶんぶんと首を振った。

「いままでは、岩根さんが最後に書類をチェックしてくれてたんで、ミスが目立たなかっただけで！　ぼく一人だったら、もっと間違いは多かったんです」

「岩根さんが？」

尋が意外そうな声を上げた。

「へえ、岩根さんが…。それは、とてもめずらしいですね」

「え、そうなんですか？」

昌弥は驚いて、尋を見る。尋はうなずいた。

「ぼくが聞いている岩根さんのうわさは、もっとこう、突き放した感じ、というんでしょうか？　だから、仕事ができる人にしかつけない、と聞いたんですけど。自分が仕事ができる分、相手に要求するレベルもはんぱじゃない、とか」

それは、たぶんそうだろう、と思う。岩根ほど仕事ができれば、そんなの当然だ。尋はくすりと笑いながら続けた。

「植木先生の秘書だったときとか、あまりにも二人とも仕事ができるので、毎月一週間ぐらいよぶんに休みがあったらしいですよ。おたがいに張り合って、自分の仕事を鬼のようなスピードで、それもミスなく片づけるものだから、月の最後になると、裁判と依頼人に会うこと以外することがなくて、ずっと部屋でぼーっとしていたり、裁判も何もない日は、二人とも休んだり。で、結局、こんなできる二人を一緒にしておく必要がない、という所長の判断で、ばらばらにされたんですけど。やっぱり、久しぶりに二人一緒のところを見ると、迫力がありますね。さすがにパーフェクトコンビ」

「…あの二人がそろうのなら、裁判、見たくないですか？」

昌弥は内緒話をするように、声をひそめた。別にそんな必要はないのに、尋も声をひそめる。

「…見たいですね」

「きっと、裁判所、すごいことになってると思いません？」

「なってますよね」

「仕事、早く片づけたら、見に行けたりしないんでしょうか？」

昌弥が言うと、尋はぱっと自分の机に飛んで行き、書類を昌弥に押しつけた。

「そうですよ！　二週間もあるんですから、もしかしたら、書類が片づくかもしれません。

明日から、植木先生は、朝はこっちに顔を出さずに裁判所に直行だと聞いてます。やることがなくなったんですけど、と言えば、裁判所に顔を出しても不自然じゃないですよね？」

「ないと思います！」

昌弥も書類を受け取ると、急いで…どこに向かえばいいの？

「あ、花山先生は植木先生の机、使ってください。机運ぶのめんどくせえし、俺いねえからいいじゃんか。以上が植木先生の伝言です。パソコンも必要ならどうぞ」

「ありがとうございます！」

いままで、パソコンが必要なときは、自分の部屋まで走っていたのだ。ここで使えるとなると、時間が短縮できる。

「書類の見方、書き方など、分からないことがあれば聞いてください。それでは、パーフエクトコンビの裁判の傍聴目指してがんばりましょう！」

「がんばりましょう！」

利害の一致した昌弥と尋は、あとは一心不乱に仕事を片づけていく。定時を過ぎたころ、植木と岩根が戻ってきた。

「尋、帰るぞ」

「はい」

尋はパソコンを落として、とてとてと植木のところまで走っていった。その様子が、大好きな飼い主に呼ばれた犬のようで。

かわいい、と素直に思う。

あんな態度で、気づかれてないと思っているのも、微笑ましい。

「あと、花山」

「はい？」

昌弥は植木に呼ばれて、そっちを見た。

「俺についてる間は残業はなしだ。さっさと帰って寝ろ」

「え、でも…」

「おまえ、四ヶ月間、休みなしだったんだろ？ ついでに、俺んとこの研修が終わったら、さっそく一人だちするっていう話じゃねえか。そしたら、いままでよりも、もっと忙しくなるぞ。いま休まなくて、いつ休むよ。残業もなし。休日出勤もなし。分かったな？」

「…はい」

「って言え、と岩根が言ってた。つーか、脅された。あいつはあいつで、おまえを心配してんだよ。素直に甘えとけ」

「岩根さんが…？」

昌弥はきょろきょろと辺りを見回す。

「岩根さんはどこに…」

「そろそろ来る。あいつが車止めてる間に、俺が先に来たもんだから、いまごろ焦ってんじゃねえの。けっ、ざまーみろ。あ、そうだ」

植木が指を立てて、唇に当てる。

「岩根に頼まれたってばらしたのは内緒な。じゃないと、俺が殺される」

「植木先生」

冷たい、何もかもが凍《こお》るかと思うような声がした。岩根が腕を組んで立っている。

「何かおかしなことをしたり言ったりしてないでしょうね」

「なーんにも。さて、俺らは帰るぞ。おまえらも帰れ。岩根」

植木は鍵を岩根に放った。

「鍵かけ、よろしく。じゃあな、花山。何も教えてやれなくて悪いが書類の整理は頼んだぞ」

「はい」

昌弥はこくんとうなずいた。手を振って、植木と尋が出ていく。昌弥はぺこりと頭を下げて、それを見送ると、岩根を見上げた。

「ホントに帰っていいんでしょうか？」

「植木が帰っていいと言えば、帰っていいんですよ。あの男は気まぐれですから」

岩根さんに脅された、と植木先生は言ってました。

そう言ったら、岩根はどんな顔をするのだろう。

「休日出勤もしなくていいって…」

「そうですか。だったら、ゆっくり休めますね。よかったじゃないですか」

「はい、よかったです」

昌弥はにこっと笑った。

「優しいんですね」

「植木が？　あの最低男のどこが優しいんです？　ただの気まぐれだと言ったでしょう。

ああ、そうでした」

岩根は淡々と続けた。

「あなたは、あの男が好きなんでしたよね。好きな人に優しくされれば、嬉しいものですか？」

ちがいます、とは言わなかった。

植木のことなんて好きでもなんでもない、と、何度言おうと岩根には通じない。

だから。

「好きな人に優しくされたら、嬉しいです」

本音を告げる。

ありがとうございます、という言葉を隠しながら。

「残念ですね」

岩根は吐き捨てるようにつぶやいた。

「植木は…」

「高橋さんとつきあってるんでしょう？　見てれば分かります。ぼくはそんなに鈍くないです」

「…それでも好きなんですか？」

岩根の表情が、ちょっとだけかげった。

あ、めずらしい、と思う。

こんなときに、表情に出るなんて。

「帰りましょう。送ってください」

昌弥はにこっと笑って、答えるのをはぐらかした。

言っても、どうしようもないことだから。

分かってほしい、なんて思わない。

一生、分かってくれなくていい。

自分がずっと見てきたのはだれか、なんて。

「分かりました」

また、もとの無表情に戻ると、昌弥は部屋を出た。昌弥もそのあとに続く。

あとは、またいつもどおり。

黙ったままの、帰り道だった。

「終わったー！」

尋は、ばんざーい、と手を上げた。

「やっぱり、植木先生が邪魔しないと、仕事がはかどる！　今度から、もうちょっと毅然《きぜん》とした態度でのぞまないと…」

ぶつぶつとつぶやいている尋に、昌弥は書類を手渡した。

「こっちも終わりました。チェックお願いします」

「あ、花山先生も終わったんですか？　よかったです。ぼく、いまからお手伝いしようかと思ってましたけど、これで、今日の午後の法廷、見に行けますよ」

「でも、チェックがまだですよ？」

昌弥は首をかしげる。植木のもとでの研修から一週間と四日が過ぎて、最初は絶対にできない、と思っていた書類の整理も、今日で終わり。ぎりぎりのところで間に合ったものの、自分の書類に間違いがあったら困る。

「大丈夫ですよ。花山先生、ほとんどミスないじゃないですか。すぐにチェックしますから、待っててくださいね。コーヒーでも飲んで待っててください」

山野法律事務所には、コーヒーやその他がカップで飲める自動販売機が置いてある。ただし、全部タダ。コーヒーを入れる労力は仕事に回せ、という山野の方針で入れられたらしい。

「高橋さんも、何か飲みますか？」

「じゃあ、ぼくもコーヒーお願いします。すみません。ホントはぼくが取りに行かないといけないのに」

「いえいえ、手があいているのはぼくですから」

尋といると、ほわん、とした雰囲気になる。いつも忙しい植木が、一緒にいてほっとしている様子が目に浮かぶようだ。

コーヒーを二つ取ってくる間に、チェックが終わっていた。

「二箇所、間違いを発見しましたけれど、あとは大丈夫です。それをぱぱっと直して、裁判所へ行きましょう！」

「…高橋さんって、ホントに仕事できますよね」

この、ぽややん、な感じからは、想像もできない。この一週間とちょっとの間、尋は昌弥の二倍近くの仕事をこなしていた。

「できなさそうに見える、って言いたいんでしょ？　よく言われます」

尋はコーヒーを飲みながら笑った。

「でも、できなかったら、植木先生についていけませんから。これでも、新人のころは、怒られてばっかりだったんですよ」

「へえ、想像もつきません」

昌弥は間違いを直すと、尋に渡した。尋はうなずいて、それを机の上に置く。

「花山先生なんて、新人さんなのに仕事ができるから、すごいですよね。岩根さんもついてるし、鬼に金棒じゃないですか。さて、行きましょう。パーフェクトコンビを見に」

「はいっ！」

二人でスーツの上着を着た。パーフェクトコンビを法廷で見るのは、二年ぶりだ。

「楽しみですね」

昌弥はにこにこと微笑んだ。尋もうなずいて、本当に、と答えてくれた。


「やっぱり…」

ざわざわとざわめいている裁判所を見て、昌弥は小さくつぶやいた。パーフェクトコンビ復活をどこで聞きつけたのか。傍聴希望の列が外にできていたのだ。

「すごい人気ですね」

「ね。植木先生だけだと、やっぱり希望者は多いですけど、ここまでじゃないんですよね。ちょっと悔しいです」

尋は苦笑する。

「ぼくじゃあ、魅力がないのかな」

「というよりは、かっこいい男が二人、っていうのがポイントなんじゃないですか？　どちらもちがった魅力がありますしね。ほら、高橋さんは、なんて言うんですか…」

「タヌキ顔なんでしょ。花山先生にまで言われたときには、ガーンとショックを受けました。いいんです。どうせ、ぼくはタヌキですよ」

「いえいえ、そうじゃなくて！」

昌弥は慌てる。

「植木先生が、タヌキ顔が好みだと聞いていたので！　それに、けっして悪い意味じゃ！　ほら、高橋さん、かわいいし！」

「男は、かわいいよりかっこよくありたいものなんです。せめて、花山先生みたいに、豹とかにたとえられたいですよね」

「…その豹っていうのも、どうかと思いますけど。微妙じゃないですか？」

「足速そう、っていうイメージはあります」

尋は笑いながら言った。

「あと、きれいな動物ですよね、豹って。その辺が、花山先生のイメージなんじゃないかと」

「ぼくなんて、きれいじゃ…」

「尋⁉」

二人がやる予定の法廷を探して歩いていたら、後ろから声をかけられた。

「植木先生！」

尋がぱっと振り向いて、にこっと笑う。

タヌキというよりは、やっぱり犬っぽい。飼い主に忠実な犬。

かわいいだろうなあ、と昌弥は思った。植木の顔にも、思い切りそう書いてある。

「なんで、んなとこに？」

「書類整理が終わったので、花山先生の後学のために、見学をと思いまして」

「ふーん、そっか、終わったのか」

植木はにやりと笑う。

「これで、これからも気がねなく、尋にちょっかい出せるな」

「あなたが気がねなんてしたことありました？」

尋は上目遣いで植木をにらんだ。

「それに、ぼくは決めたんです。植木先生がいなければ、こんなに仕事がはかどるんだから、事務所にいるときは仕事に集中しようって」

「まあ、おまえのごたくはどうでもいいとして」

「ごたくじゃないですっ！」

尋は頬をふくらませた。

「本気です！」

「だから、俺の本気にはかなわねえ、ってんだろ、毎回、毎回。まあ、それはいいや。今度じっくり分からせてやろう」

植木がにやりと笑った。尋の頬が、後ろから見てても分かるほど赤くなる。

「ところで、尋、悪いけど、ちょっと岩根探してきて。はぐれた」

「はい、分かりました」

尋は、たたたっ、と走って姿を消した。植木が昌弥を見る。

「花山も、お疲れ。大変だったか？」

「いえ、ちゃんと定時で帰れて、お休みもいただけたので、大丈夫です。おかげで、倒れなくてすみました」

昌弥は笑った。

「人間、睡眠時間は必要なんですね」

「あったりめえだろ。寝なきゃ、頭回んねえよ。ところでおまえら、どこまでいってんの？」

「…は？」

突然、話題を変えられて。昌弥は首をかしげる。

おまえら、ってだれ？

どこまでって、何?

「おまえと岩根だよ。まさか、キスすらしてねー、とかじゃねえよな? 岩根の警戒ぶりがはんぱじゃなくて、さすがの俺もこえーんだけど。とにかく、早く安心させてやってくれ。あんなに毎日、すげー目で見張られてたら、神経がもたん」

「え…あの…おっしゃる意味が…」

「…おまえら、くっついてんだよな?」

「だだだ、だれがですか!?」

昌弥は飛びすさった。

「くくく、くっつくって!?」

「はー、それすらまだなわけ!? あー、もー、めんどくせーな。だから、初恋ってやつは手に負えねえんだよ。ところで、もしかして、おまえ、俺が好き、とか岩根に言った?」

「言ってませんし、好きでもないですけど、岩根さんはそう誤解してます。弁護士同士の、それも男同士のスキャンダルは困る、とかおっしゃって。だから、警戒してらっしゃるんじゃないんですか?」

「…へえ、そんなこと言ってんだ? 好きでもない、にはちょっとだけ傷ついたけど、おもしれー情報くれたから許してやろう」

植木の言葉に、昌弥は慌てて否定した。

「あ、ちがいます、ちがいます！　尊敬してますし、弁護士としては好きですけど、そういう意味で好きじゃないだけで…」

「な、おまえは岩根が好きなんだもんな」

植木のセリフに、今度こそ、昌弥は言葉が出なくなる。

ただ、口をぱくぱくと開けて、植木を見つめるだけだ。

「見てりゃ分かるよ。つーか、一番気づきそうなの、あいつなんだけどなあ。なーんだろ。やっぱり自分のことだと目が曇《くも》んのかもな。まあ、いい。これ以上、岩根につっかかられるのも面倒だから、協力してやる。尋と岩根が見えたら、俺に知らせろ」

「あ、ちょうどいま、こちらに…」

「あとどのくらい？」

「そうですね。顔が分かるぐらいの距離です」

「じゃあ、まあいっか」

そう言うなり、植木は昌弥を抱きしめた。そのまま、裁判所の壁に押しつけられて、顔が近づいてくる。

「ちょっ…ちょっと、植木先生!?」

「いいから、黙って見てろ。おもしれーもん見れるから。ついでに、ホントにキスなんかしねーよ。昔はともかく、いま俺がキスすんのは、好きなやつだけだ」

その権利は、尋にしかないのだろう。

いいな、と思った。

ちゃんと両思いで、おたがい信頼しあってて。

自分の恋は、きっとかなわないから。

カツカツ、という音が聞こえた。いつもの岩根の足音。それが、突然、カッカッカッ、と速くなったかと思うと。

ガツン！

ものすごく痛そうな音がした。植木が頭を抱えてうずくまる。

「いってー！　てめっ、てかげんぐらいしろよ」

「何をしたんですか？」

岩根が植木のシャツの首をつかんで、そのまま立たせる。

「この人に、何をしたんですか!?」

「は？　見てりゃ分かんじゃん」

「あなたは…」

岩根がこぶしを握る。昌弥はその手に飛びついた。

「だめっ！」

岩根の体が、その瞬間に固まる。

「何もされてないですから、こんな人前で殴っちゃだめです！　訴えられたら、負けますよ！」

「訴えねえよ、バーカ」

植木がにやっと笑った。

「な、おもしれーもん、見れただろ？　こいつが血相《けっそう》変えるの、俺は初めて見たぜ」

岩根はしばらく植木をにらみつけていた。昌弥が、岩根の手を押さえ続ける。

ふいに。

本当に、ふいに。

岩根は力を抜くと、植木を離した。ついでに、昌弥の手もふりほどく。

「…帰ります。今日の裁判は、あなた一人でやってください」

岩根は背を向けると、歩き出した。植木が、追いかけろ、と唇だけで昌弥に伝える。昌弥はうなずいて、ダッシュすると、岩根に追いついた。

「岩根さん…」

声をかけても岩根は振り向かず、いつもよりもいっそう冷淡な声で答える。

「あなたとも、話すことはありません。植木の裁判の傍聴でもしていてください。頭を冷やしたいので、今日は帰ります」

「いやですっ！」

昌弥は岩根の腕をつかんだ。ふいをつかれたのか、岩根が立ち止まる。

「いやですっ！　だって、見たかったのはパーフェクトコンビで、植木先生じゃないですから！」

一瞬、たじろいだように、岩根が黙った。

それから、また淡々とした声が聞こえる。

「植木の裁判は勉強になります。見て帰りなさい」

「見ません！」

「どうして、あなたはっ！」

岩根が怒鳴った。

怒鳴って、くれた。

「そんなに、私の言うことが聞けないんです⁉　植木に近づくな、と言ったのに、近づく。色目を使うな、と言っても、使う。傍聴しろ、というのに、しない。あなたは、何がしたいんですか⁉」

「岩根さんと一緒にいたいだけですっ！」

昌弥は叫んだ。

「ほかのだれも関係ありません！　ぼくは、岩根さんと一緒にいたいんです！」

「な…にを…」

ようやく、岩根が振り返った。呆然とした顔で、昌弥を見る。

「何を、言ってるんですか？」

「岩根さんと一緒にいたいんです。ぼくの望みは、それだけです」

昌弥ははっきりと、そう告げた。

岩根を好きなこと。

ずっと、岩根だけを見つめていたこと。

それを知られちゃいけない、と、ずっとずっと思っていた。

媚薬だって、おしおきだって、ホントは嬉しかったのだ。

意地悪を言われるたびに落ち込んだし、植木のことが好きだと誤解されるたびに悲しかったりしたけど。

それでも、そばにいる時間は、いつだって幸せを昌弥にくれたから。

「どうして…？」

「岩根さんは、美人の豹がお好みだと聞きました。ぼくは、岩根さんが好みなんです」

最初は、岩根に対しても、ただあこがれていただけだったと思う。

植木のそばにいられて、信頼されて、仕事もできて。パラリーガルと呼ばれる存在の人がめずらしくて。

だけど、見ているうちに。

かっこいいな、と思うようになった。

一挙手一投足《いっきょしゅいっとうそく》から目が離せなくなった。

岩根の姿を見ると、ドキドキするようになった。

たまに裁判所ですれちがうと、心臓が飛び出るんじゃないか、と思うぐらい早鐘を打った。

恋とは落ちるものだと、岩根が教えてくれた。

岩根に近づきたくて。

少しでも、岩根のそばに行きたくて。

弁護士になることを決めたようなものだ。

その岩根が、秘書になってくれる、と知ったとき。

好き、という気持ちは捨てよう、と決めた。

捨てて、弁護士としてだけ、認めてもらうように努力しよう。

そばにいて、ドキドキしっぱなしだったら、きっと仕事になんか集中できないから。

恋は、叶わなくていい。

抱いてもらっているときも、これはただの媚薬の効果、これはただのおしおき、と自分に言い聞かせ続けた。

でも、でも、でも。

ちがう、と思ってもいいの？

ちょっとは期待していいの？

植木に抱きしめられているのを見て、走って駆けつけてくれるぐらい。

人目もはばからずに、殴ろうとするぐらい。

そのぐらいの想いはある、と自信を持ってもいいの？

「あなたが好きだからです」

やっと。

やっと、言えた。

植木が好きなのか、と聞かれるたびに、ちがう、としか言えなかった。

本当はもっと別のことが言いたかったのに。

ちがいます。あなたが好きなんです。岩根さんが、好きなんです。

そうはっきりと言えたら、どんなにいいだろう、と思いながら、ちがう、と繰り返すしかなかった。

言えなかったから。

あのときは、好き、なんて言えなかったから。

「うそだ。昌弥は植木が…」

驚いたような表情で、岩根は昌弥を見る。

そんな顔も、初めて見た。

もっと、たくさん見せてほしい。

自分にしか見せない表情。

いつもの無表情が、崩れる瞬間。

好きな人の特別な顔ほど、嬉しいものはないから。

「好きじゃないです。ぼくは…」

昌弥はそこで言葉を止めて、言い直した。

ぼく、は仕事用のもの。プライベートでは、俺、を使っている。

だったら、そのままの自分で告白しよう。

岩根を見上げると、まるで信じられないものを見るかのように、昌弥を見つめている。

ちょっとは、うぬぼれていいですか?

自分にしか見せない表情だと、思っていいですか?

昌弥は思い切って、言葉を続ける。

「俺は岩根さんが、好きなんです。ずっとずっと、四年ぐらい、あなたに恋をしているんです。分かってください」

昌弥はそっと岩根の手を握った。その手は冷たくて。だけど、包みこむような大きな手。

岩根は昌弥の手を、拒否しない。

ただ、昌弥を見つめ続ける。

冷たくも、無関心でもない。

真剣な目で。

「あなたしか、好きじゃないんです」

ふいに、岩根の顔がやわらかくなった。笑ったようにも、泣いたようにも見える顔。

「…仕事は、終わったんですか？」

口調も優しい。

そんなことが、こんなにこんなに嬉しい。

「はい、終わりました」

だから、昌弥は笑って答える。

笑顔を、見せたいから。

大好きな人に、笑顔だけを。

「今日は帰っても平気なんですね？」

「はい」

「それでは」

岩根はぎゅっと一度だけ、昌弥の手を強く握ると、ぱっと離した。

「送ります」

「…はい」

昌弥はうつむいた。

だめだったのだろうか。

全部、自分の勘違いだったのだろうか。

もしかして、全然、好きでもなんでもなかったのだろうか。

「私のマンションへ」

だから、そう言われたとき。

昌弥はぱっと顔を上げて、それから、花のように微笑んだ。

「はいっ！」

「今日は帰さないけど、いいですか？」

「いいです、いいですっ！」

昌弥はこくこくとうなずく。

「…ていうか、帰さないでください」

「ああ、だめですよ、昌弥」

岩根の声が甘くなった。

きっと、これは、自分だけに聞く権利がある声。

分からなかった。

気づかなかった。

岩根はセックスの最中には、態度が変わるのだと思っていたから。

送り迎えをしてくれたことも、秘書の仕事じゃなくて、きっと自分を気づかっていたから。

疲れて居眠りをする自分を隠すように立っていてくれたのも、かばってくれていたから。

そして、きっとホントは仲がいいんだろう植木に、脅すように定時に帰らせるようにしてくれたのは、ほとんど寝ていない自分を心配してくれたから。

いまになって、分かることがたくさんある。

そして、もしかして。

植木をあんなに警戒していたのは、自分を取られたくなかったから？

「何が？」

だから、昌弥の声も甘えたようなものになる。

「そんなかわいいこと言うと、マンションに着くまで我慢できませんよ」

「…車の中でする？」

「それはとてもいいアイディアですが」

岩根がふわっと笑った。

この優しい笑顔にも、見覚えがある。

ヒントは、いくらでもあったのに。

「植木ほどではないとはいえ、私も顔が知られています。駐車場でセックスをしているところを見られたら、困るんですよね。だから、かわいいことを言うのを、ちょっと待っててください」

「かわいいことって、どんなこと？」

「昌弥が言う、すべてのことです。だから、黙って、いつもみたいに私の隣に乗っておいてください」

「…うん、分かった」

自分の顔が赤くなるのが分かる。

好きな人にささやかれる甘い言葉は、こんなにも幸せを与えてくれるものだったのだろうか。

駐車場へ急いで、飛び乗るぐらいの勢いで中に入り、そのまま発車する。運転している岩根の横顔を見ながら、昌弥は、かっこいいなあ、と思った。

怜悧な美貌の、自分の好きな人。

その横顔を、今日から堂々と見つめられる。

「定時で帰せ、休みを取らせろ、って植木先生を脅してくれたんでしょう？」

昌弥の言葉からは、敬語が消えていた。

それも、自然に。

ただ、甘えたい。

好きな人に、甘えたい。

「…ばらすな、って言ったのに」

岩根もそうだった。ああ、この人、普通のしゃべり方もできるんだなあ、とそんなことに感心する。

「いつ知ったの?」

「え、最初の日。岩根さんが…」

「その、岩根さん、ってやめない?」

岩根が昌弥をさえぎった。

「名前で呼んでくれたら嬉しいんだけど」

「…晋介さん?」

「ああ、いいね」

岩根はにこっと笑った。

「すごくいい。名前で呼ばれると、とてもいい気分だ」

「俺も、晋介さんに、昌弥、って呼ばれると嬉しかったよ?」

「だから、かわいいことを言うな、って言ってるのに」

信号で止まった瞬間に、ちゅっ、とキスされた。昌弥が唇を押さえて真っ赤になる。

「うん、かわいい。ホントに昌弥はかわいいね」

「…そんなこと、いままで言ったことがないくせに」

「植木を好きな子に、そんなこと言ってどうするの？」

「好きじゃないって、あんなに言ったのに！　まだ信じてないの？」

「じゃあ、訂正。植木を好きだと、私が勝手に誤解してた子に、そんなこと言ってどうするの？」

「植木先生を好きだと勝手に誤解してた相手に、手を出す人のことだから、分からない」

「…あれは、ちょっと卑怯だったと自分でも思ってるけど」

岩根が困った顔になる。

表情がくるくる変わる。

そんな岩根を見ているのも楽しい。

「昌弥が植木の上着なんか抱きしめてるから。ああ、そうだ。あれは、なんで？」

「…言わなきゃ、だめ？」

「だめ。言わなきゃ、昌弥は植木が好きなんだと思い続けるよ」

岩根の車は、すごいスピードで走っていく。まだラッシュには早い時間なので、どんどん道路を突き進む。

「あのね、あの日、晋介さんが、俺の隣を通ったときにね」

「ああ、そうだ、そうだ」

岩根はくすくすと笑った。

「あれはびっくりしたよ。平静を装うのが大変だった。なんで、今日いるんだ⁉　と思ってたもんな、内心では」

「うそだ。普通の顔してたくせに」

「私は、あまり表情に出さないようにしてるからね。秘書たるもの、常に冷静に。そう自分に言い聞かせながら」

「すごいよね、やっぱり」

昌弥はため息をついた。

「俺、いつか晋介さんにふさわしい弁護士になれると思う？」

「思うよ。自信持ちなさい」

岩根は昌弥の髪をぐしゃぐしゃと撫でた。昌弥は、へへっ、と笑う。

「晋介さんにそう言われると嬉しい」

「で、私が昌弥の隣を通ったとき、どうした？」

「ああ、そうそう」

昌弥はポンと手をたたいた。

「トワレが香ったんだ。すごい、いい匂いの。いまもつけてるやつ」

「ああ、これ？　そんなの、気づいたんだ？」

「だって、好きな人から、いい匂いがしたら、気づくよ。でね、植木先生の部屋に入ったのは、ホントにただの好奇心なんだけど。上着を見て、じゃあ、植木先生はどんなトワレなのかな、って。晋介さんの匂いを思い出しながら、ちょっとかいでみようとしたら」

「そこに、私が現れた、と」

昌弥はうなずく。

「どうしよう、どうしよう！　とか思って。怒られる、クビになる！　ってそればかり。あとは、晋介さんの言うなりで。あの状況がおかしいとか気づかなかったんだよね。媚薬とか、飲まされるし」

「だから、あれは、ホントに、ただの強壮剤のたぐいかと思って。本物の媚薬なんて見たことないし、あるとも思ってなかったから。言いくるめて、体だけでも奪えば、もう植木に顔向けできない、とか思うかな、とか計算してた。怒る？」

「怒らない」

昌弥は微笑んだ。

「だって、抱いてもらって嬉しかったから」

岩根の車が、やっとマンションに着いた。車を止めて、すばやく降りると、岩根は昌弥の手をつかむ。

「早くおいで。我慢できなくて、ここで襲っちゃうよ？」

「それでもいいよ」

昌弥は笑った。

「晋介さんが、見つかってもいいなら」

「それは困るね。部屋までおとなしくしていよう」

だけど、エレベーターに乗った瞬間。

二人は自然に抱き合って、唇を重ねた。むさぼりあうように、舌を絡めてキスをする。

初めての、合意の上でのキス。

とろけるような感覚が、体中に広がる。

同じキスなのに。

いままでされたのと、同じキスなのに。

それでも、そのキスは甘かった。

岩根の舌を、昌弥は喜んで受け止めていた。


「あっ…んっ…やっ…」

洋服を脱がされて、乳首をつままれた。四ヶ月以上触られていなかったのに、そこは、すぐに反応して、ぷつん、と立ち上がる。

「昌弥の乳首はいやらしいよね」

両方をゆっくりと回されて、昌弥は体をのけぞらせる。

「感じやすいし。かわいいね」

「やっ…ちょっと待ってて っ…」

「待たない」

岩根は唇を乳首に近づけた。あっと思う間もなく、そのまま吸い上げられる。

「あぁっ…やぁん…」

「あえぎ声もかわいいし。昌弥はかわいいところだらけだ」

「ねっ…ホントにっ…」

昌弥は渾身《こんしん》の力で、岩根を押し返した。岩根が不審そうな顔で、昌弥を見る。

「どうしたの？」

「…聞いてない」

昌弥は赤くなって、早口でつぶやいた。

「何を？」

「俺は好きだって言ったけど、晋介さんからは聞いてない」

分かってはいるけど。

ちゃんと、伝わってはいるけど。

それでも、言葉がほしかった。

好きだ、と岩根に言ってほしかった。

「前から三列目の、左から二番目」

突然、岩根はそんなことを言った。昌弥が眉をひそめる。

それ、なんの暗号？

「いつも、そこに座って、ものすごい真剣に裁判を見ている子がいた」

あっ、と思った。

ああ、そうだ。そうだった。

自分はいつも、前から三列目の、左から二番目に座っていた。

そこから、岩根の顔をずっと見つめていたのだ。

「一目惚れってあるのかな、っていまも考えてる。最初は、ちょっと好みの猫科の顔だなあ、と思ってただけなのに。いつも同じ席に座っているからだんだん気になってきて。でも、植木の秘書をやめたら、法廷で見なくなったから、植木のファンなんだと思ってた。まさか、司法試験に合格して、研修中だとは思ってなくて。つぎの弁護士、決まったから、って写真つきの履歴書を見せられたとき、運命だと思ったよ。所長に、私が育てます、と頼んで秘書についたようなもんだから、加納や藤原先生が何か言うたびに、ばれないようにさえぎってた」

そういえば、と昌弥は思い出す。

よく、岩根は人の話をさえぎっていた。

あれは、自分を好きなことを。

わざわざ、頼んでまで秘書になったことを。

知られたくなかったから?

「この子は、私のものだ。だれにも渡さない。ゆっくり時間をかけて、自分のものにしよう。そう思ったはずなのに、植木の上着を持っているぐらいで、頭に血が昇って、歯止めが効かなくなった。最初から無理にするつもりも、ひどいことをするつもりもなかったのに」

岩根は一呼吸置くと、昌弥をじっと見つめて。

「好きだよ」

にこっと笑って、そう告げた。

たったそれだけ。

たった、一言。

なのに、昌弥の目から、涙がぽろぽろとこぼれ出す。

胸が、痛い。

幸せで、幸せで、胸が痛い。

「昌弥が好きだよ。大好き」

「俺も…」

涙はつぎからつぎへとあふれる。

幸せな涙なんて、いままで知らなかった。

キスと同じ、甘い甘い涙。

「俺も、晋介さんが好き。大好き」

「普通のセックスしよう」

岩根は昌弥のまぶたにキスをして、涙を舌で舐めてくれる。

「恋人同士らしく、普通のセックスしよう」

「…うん」

恋人同士、という言葉が嬉しくて。また涙がこぼれる。岩根は昌弥の頬をぬぐった。

「泣き虫だね」

「だって、嬉しくて、涙止まんない」

「だから、そういうかわいいこと言ったら」

「…言ったら?」

「我慢できないって言っただろ?」

「しなくていいよ」

昌弥は岩根にぎゅっとしがみつく。

「俺も、晋介さんに抱いてほしい。晋介さんがほしい」

「私も昌弥がほしいよ。全部、私にくれる?」

「うん。全部、全部、晋介さんにあげる」

昌弥はにこっと笑った。

「晋介さんにしか、あげない」

「いい子だね」

岩根は昌弥を抱きしめると、優しいキスをくれた。

触れるだけの、優しい優しいキスだった。


「あっ…あぁっ…」

昌弥は岩根が入ってくるのを、じっと見つめた。ちょっと腰を浮かせられて、上から埋め込まれているので、中に入っていく様子がよく見える。

岩根のものが見えなくなるたびに、中が圧迫感を増した。指や舌でさんざん慣らされたとはいえ、四ヶ月、まったく何もされていなかった内壁は、まるで初めてのように痛みを昌弥に与える。

「大丈夫?」

それが分かるのか、岩根が心配そうに昌弥を見た。昌弥はうなずく。

「だいじょ…ぶだから、全部入れてっ…」

「ゆっくり、入れるからね」

岩根は優しく言うと、昌弥の髪を撫でる。昌弥は微笑んだ。

「そうやって、髪とか頬とか、晋介さんに撫でられるの、大好き」

「ああ、だめだよ、そんなかわいいこと言っちゃ」

岩根は笑った。

「私のものが、また大きくなってしまっただろ？」

「…嬉しい」

昌弥は岩根の手を、そっとつかんだ。

「俺でそんなになってくれるんだったら、すごくすごく嬉しい」

「もう、この子は」

岩根は苦笑する。

「私が我慢しようとするたびに、そういうことを言って。おしおきだよ、これは」

岩根は、ぐいっ、と中に突き入れた。

「あぁぁっ…」

昌弥は小さな悲鳴を上げながら、体をのけぞらせる。

「痛い目にあいたくないなら、黙ってなさい」

「やだっ…晋介さん、大好き…好きっ…ホントに…あぁっ…」

もっと奥まで、岩根が進んできた。

痛みだけじゃない、別の感覚も湧き上がってくる。

「私も昌弥が大好きだよ。ねえ、私に優しく愛させて?」

「大好きっ…もっと奥までしてぇ…早くっ…来てっ…」

優しくなんて、してくれなくてよかった。

早く、感じたいから。

中を、岩根で満たしてほしいから。

痛みなんて、どうでもいい。

ただただ、岩根がほしい。

「ホントにもう…」

岩根はため息をつくと、昌弥の腰をもうちょっと上げさせて。

「やぁぁっ…」

とうとう、全部埋め込んだ。あまりにたくさん満たされて、昌弥の中が、きゅうきゅうときしむ。

「痛い?　ごめんね」

「痛いけどっ…」

昌弥はうるんだ目で、岩根を見つめた。

「でも、嬉しい。すごい幸せ」

昌弥はつぶやく。

「晋介さんが、中にいるから…」

「愛しすぎて、どうしていいか分からないよ」

岩根は昌弥にキスをした。

「傷つけるかもしれないけど、動いてもいい？」

「何してもいいからっ…」

昌弥は訴える。

「晋介さんは、俺に何してもいいからっ…。好きなようにして。傷ついたって、そんなの平気。晋介さんが気持ちいいように動いて？」

「好き、って何回言えば、いままでの私のことを許してくれる？」

急にそんなことを言われて。昌弥は首をかしげる。

「許す？　どうして？」

「植木とのことを疑った。だますようにして抱いた。そのことを許してもらうには、何回好きって言えばいい？」

「…怒ってないし、許す必要もないけど」

昌弥は微笑む。

「何回でも、好きって言われたら嬉しい。言われれば言われるだけ、幸せになれるから」

「好きだよ」

岩根はそうささやいて、昌弥の腰を持った。

「動くね」

「うん…動いて…」

昌弥はうなずくと、シーツをつかんだ。すぐに、中を掻き回される。

「あっ…んっ…」

内壁は、まだ岩根の大きさに慣れていない。こすられるたびに、痛みが体を貫く。

なのに、嬉しかった。

体は痛いけれど、心は快感を感じていた。


「やっ…やぁっ…」

ひくん、ひくん、と内壁が岩根のものを締めつける。岩根がほっとしたように息を吐いた。

「よかった。昌弥も感じるようになって」

これで、もう、三回目。後ろから、岩根に埋め込まれている。最初はイケなかった昌弥

も、二回目はちょっと慣れてきて、こすられたら勃った。いまは、入れられただけなのに、勃ち上がっている。

岩根は手を前に回して、乳首を撫でた。下を向いて突き出ている乳首を、そのまま引っ張られる。

「あっ…だめぇ…」

「昌弥はここが好きでしょう?」

岩根はくりくりと乳首を回す。いじられるたびに、乳首はきゅんととがった。

「ほら、中も喜んでいる」

乳首をいたずらされるのに合わせて、内壁がひくつく。その動きに逆らうように、岩根が自身を抜き始めた。

「やっ…抜いちゃ、やぁっ…」

中に入れててほしかった。ずっと、埋め込んでいてほしかった。

なだめるように、岩根が乳首をつまむ。

「大丈夫。抜かないから」

ずるり、と入り口付近まで抜いて。それから、すぐに奥まで埋め込まれた。のけぞったら、乳首をますます引っ張られることになって、昌弥の先端から、とろり、と先走りがこぼれる。

奥をこするように、ゆるく回されて。昌弥の腰が、自然にそれに合わせるように動き始めた。

「いやらしい子だね」

岩根が楽しそうに、耳たぶを噛みながらそうささやく。昌弥はカッと赤くなった。

「いやらしい子は、きらい…?」

「大好きに決まってるだろう?」

ガンガン、と奥を突かれる。そのたびに、電流が体を走る。

中で動かされる快感を、やっと昌弥の体は思い出してきた。

「あっ…んっ…いいっ…」

昌弥は自分も腰を動かしながら、あえいだ。

いい。

気持ちいい。

岩根にされていること全部が気持ちいい。

「今度は一緒にイコうね」

岩根はささやいて、昌弥のものをそっと握る。

昌弥はうなずいて、ただ快感を追った。

突き上げられて、掻き回されて、揺さぶられて。

体の熱が上がっていく。

どんどんと、限界まで。

「やっ…イッちゃ…」

「いいよ。私もイキそうだから」

その言葉を証明するように、岩根の動きが速くなる。こすられている自身からは、いまはもう、際限なく蜜があふれていた。

「あっ…あっ…あっ…あっ…」

「昌弥、出すよ。中に、出すからね」

確認されて、うなずいた。

岩根のものなら、全部ほしかった。

自分の中に、すべてをもらいたかった。

「ああっ…!」

イッたのは、同時だった。

昌弥が岩根の手の中に放出するのと、岩根が昌弥の中で爆発するのが。

本当に同時で。

どくん、どくん、と震える岩根を感じながら。

幸せだ、と思った。

ただただ、好きな人に抱かれて、幸せだ、と。


「明日、植木先生に謝ってね」

岩根の胸の中でうとうとしながら、昌弥はそう言った。岩根が昌弥を抱きしめて、いやそうな顔をする。

「あーあ、あの男にだけは借りを作りたくなかったんだけどな」

「晋介さんが謝った瞬間の、植木先生の顔が見ものだよね」

昌弥はくすくすと笑う。

「なんか、すごい想像できる。ざまあみろ、って顔で、見下ろしてそう」

「あいつはそういうやつだからな」

岩根は吐き捨てるように言った。昌弥は岩根にしがみつく。

「でも、晋介さん、実は植木先生のこと好きでしょ?」

「…きらいじゃないが」

「だって、植木先生とやりあってるときって、楽しそうだもん。俺も、早く、晋介さんとあんなコンビになりたい」

「…私は、もっと甘い関係がいいけどなあ」

「うん、それはそれでいいけど」

昌弥は頬を染めた。

「でも、植木先生と高橋さんだって、普段は弁護士と秘書の関係でしょ？　そして、二人とも仕事ができる。俺も、早く仕事ができるようになりたい。晋介さんに、認められたいんだ。植木先生と同じぐらいだ、って」

「それはまだまだ遠い道のりだね」

岩根は笑った。昌弥は唇をとがらせる。

「分かってるよ。分かってるけど」

昌弥は伸び上がって、岩根にキスをした。

「恋人としてだけじゃなくて、仕事のときも、晋介さんにふさわしくなりたいから。だから、ばしばしきたえてください。頼りにしてます」

「そうですね。その件は承知しました」

「あ、いまの秘書っぽかった」

昌弥は笑った。岩根がキスを返してくれる。

「仕事のときは、秘書ですよ。甘やかしません」

「うん、それは分かってる。だから」

昌弥は、ちゅっ、ちゅっ、と岩根の胸にキスを散らした。

「恋人のときは甘やかして？」

「全力で甘やかしてあげるよ」

また、恋人の岩根に戻る。

口調も表情も何もかも。

秘書と恋人のときではちがう。

そんな頼もしい相手を見ながら。

大好き、とつぶやいた。

これから先。不安なことはたくさんあるけど。

仕事がちゃんとできるのかな？

依頼人を受けて、大丈夫かな？

裁判を初めてやるときに、緊張しすぎて心臓が止まったりしないかな？

弁護士として、やっていけるかな？

そんなたくさんの不安は、岩根がそばにいれば、きっと大丈夫。

日本で一番有能な秘書が、厳しくしごいてくれるだろう。

「仕事では、日本で一番厳しくしていいから、恋人のときは、日本で一番甘やかして？」

そう言ったら、岩根はにやっと笑って。

「私を見くびるんじゃない。世界で一番甘やかすに決まってるだろ」

そんな嬉しいことを言ってくれた。

この世で一番、大好きな人。

自分を世界で一番甘やかしてくれる恋人。

岩根さえいれば、何も怖くない。

きっと、いつか。

遠い遠いいつか。

パーフェクトコンビと呼ばれてみせる。

そのときまで、岩根はそばにいてくれると信じてるから。

「晋介さん」

「ん？」

「大好き」

岩根はにこっと微笑んだ。

いままで見た中で、一番優しい笑顔だった。

そして、十年

In ten years

「…あのっ」

山野《やまの》法律事務所が入っているビルを出た瞬間、かぼそい声が聞こえてきて、花山昌弥《はなやままさや》は立ち止まった。周囲を見渡しても、近くに人がいる気配がない。

空耳か、と思って歩き出そうとしたら、ズボンの膝下の部分を、ぐいっ、と引っ張られる。

ふと下を向くと、まだ幼稚園ぐらいの男の子が必死な表情をして、昌弥のズボンをつかんでいた。

「どうしたの?」

昌弥は、そっとその子の手をはずすと、視線があうようにしゃがみ込む。

「ベンゴシさんですか?」

その子の発音は、つたなくて。漢字じゃなくて、カタカナっぽい響きがした。そのあまりのかわいらしさに、昌弥は微笑んでしまう。

「そうだよ。どうして分かったの?」

このビルに入っているのは、山野法律事務所だけではない。たった十人しかいない弁護《べんご》士《し》よりも、人数的にはほかの職種のほうがはるかに多いし、植木《うえき》のように顔が売れているならまだしも、こんな小さな子が昌弥のことを知っているわけがない。

なのに、一目で弁護士と分かるなんて、いったいなぜ?

そんな疑問が浮かんでしまう。

「きらっとしたものがついてたから」

「ああ、これ？」

昌弥は胸元につけている弁護士バッジを指さした。天秤《てんびん》とひまわりが刻まれたそのバッジは、たしかにこんな夕日の中でも光って見える。

この子は、ずっと、バッジをつけた人を探していたのだろうか。

いつからここにいたのか知らないけれど、目を凝らして、きらりと光るものをつけた人を探しつづけていたのだろうか。

その必死さに、昌弥の胸が、きゅう、と痛んだ。

依頼人に過剰《かじょう》な思い入れをしないでください。

弁護士になって十年がたって、名前も知られるようになって、実力も認められてきたのに、いまだにそう注意されることがよくある。自分でも、気をつけなきゃ、と分かってはいる。

でも、こんな必死な男の子を無碍《むげ》にすることなんてできはしない。

依頼人じゃない。

昌弥は自分にそう言い訳した。

だから、普通に話してもいいはずだ。

「よく知ってるね」

昌弥は男の子の頭を撫でた。だけど、彼の真剣な表情は変わらない。

「弁護士に頼みたいことがあるのかな？」

「あのね…、あの…」

そこまで言ったら、男の子の目から涙があふれ出した。突然のことにびっくりして、昌弥は内心、ものすごく焦《あせ》る。でも、それを表情に出すわけにはいかない。

どのくらい長い時間かは分からないけれど、この子はずっと弁護士を探してた。つまり、こんなに幼いのに、弁護士に相談したいような深い悩みがあるということで。

だったら、信頼できる弁護士、でいなきゃ。どうしたの!?　と一緒になっておろおろするなんて、絶対にダメ。

「うん？　何？」

昌弥はなんでもないふうを装って、穏やかな声を出した。

「聞いてるよ。だから、説明してみて」

「お母さんがっ…リコンするって…ベンゴシに相談するって…だから…だから、ぼく…」

「花山先生」

駐車場に車を取りに行っていた岩根晋介《いわねしんすけ》が、運転席から昌弥を呼んだ。昌弥は顔を上げて、岩根を手招く。

こういうときは、岩根のほうが頼りになりそうだ。

岩根はエンジンを切ると、いぶかしそうな表情で車を降りて、昌弥のところへやって来た。

「どうし…」

そこまで言ってから、昌弥の目の前にいる子供に気づいて、岩根も昌弥とおなじように腰を落とす。

「どうしたのかな？」

岩根の優しい声。秘書のときには聞けないトーン。

そんなの当然なのに。昌弥だって、きっとおなじようにこの子に接していただろうに。

ちりり、と胸が痛む。

こんなに年月がたっても。

恋人になって、十年が過ぎても。

それでも、子供にまで嫉妬《しっと》してしまうなんて、自分はどれだけ心が狭いんだろう。

男の子は人が増えてパニックになったのか、わんわんと大声で泣きだした。岩根がその子を、ぎゅっと抱きしめる。

「大丈夫だよ。心配しなくていいからね」

岩根が、ぽん、ぽん、と背中を一定のリズムで撫でると、その子の泣き声はだんだん小さくなって、しゃくりあげるだけになった。

すごいなあ、と素直に思う。

だけど。

ちりちり、と、やはり胸は痛むのだ。

その場所は、自分のものなのに。

そんなことを考えてしまう。

…泣いてる子供相手に。

「二人でしゃがんで、何やってるのよ」

背後から聞こえてきた声に、昌弥はほっと息を吐いた。これで、しばらくは岩根の様子を見ていなくてもすむ。

バカみたいな嫉妬も、しなくていい。

昌弥は立ち上がって、振り向く。そこには、加納《かのう》の姿。十年たってもまったく容姿が変わらず、性格もなんの変化もなく、退屈《たいくつ》がきらいで、毒舌《どくぜつ》で、もっとも始末の悪いことに仕事のかなりできる加納は、いまも山野法律事務所で一番の権力者だ。

昌弥は何も言わずに、岩根たちの姿が見えるように一歩退いた。これで加納にも状況が分かるだろう。

「迷子？」

加納は声をひそめる。

「いえ、弁護士を探してる、とかで。ぼくにも、事情はよく分からないんですが。母親が離婚《りこん》手続きをしたいのかもしれません」

「で、なんでこの子がうちに？」

「…さあ」

たまたま、この近所に住んでいるとか？　だけど、よく考えたら、山野法律事務所は、以前あった大きな看板をすでに取り外してしまっていた。経年劣化で新しい看板にしないと危険です、と忠告されたのは五年前。そのころは、昌弥が事務所に入ったときの倍ぐらいに依頼人が増えていて。忙しさもかなりのもので。

「看板がなければ、人は来ないいんじゃないのかな」

いつもは冷静な所長が、そんなわけの分からないことを言うぐらい、事務所内が混乱していて。

結局、除去だけしてもらった。

山野法律事務所にはホームページがあるし、『植木鷹臣《たかおみ》』を検索すればこの事務所の住所や電話番号などがすぐに出てくる、ということすら、所長の頭の中にはなかったらしい。

結局、依頼人は減ることなく、いまも増加の一途をたどっている。どうしようもなくて断る人数もかなり増えているとのことだ。事務所をもっと広いところに移転して、弁護士の数を増やす、という話も進んでいるらしい。

つまり、この子が、ここに法律事務所がある、と分かる目印は何もない。

だったら、なんで、ここで待っていたのだろう。

ちらり、と二人の様子をうかがうと、昌弥と加納が話しているうちに落ち着いたのか、岩根が男の子の頭を撫でながら、抱きしめていた腕を離した。加納がその子を見て、ふう、とため息をつく。

「ああ、もう人騒がせな」

「知ってるんですか?」

昌弥は驚いて、加納を見た。

「友達の子供。あたしの友達だけあって、気が強くてさ」

どうやら自覚はあるらしい。そんな昌弥の内心が分かったのか、加納が顔をしかめる。

「なによ、その顔。あたしは、ちゃんと自分の性格は把握してるわよ。ただ、直らないだけで。でも、それで、花山くんに迷惑かけてるわけじゃないんだから、ほっといて」

「…ぼくは、何も言ってません」

「きみは、すぐに顔に出るのよ。まあ、いいわ」

加納は、話をもとに戻した。

「で、その友達、夫婦喧嘩《げんか》すると、すーぐ旦那に、離婚してやる、だの、こっちには弁護士事務所に強力なツテがあるんだから裁判じゃ絶対に負けない、だの、慰謝料《いしゃりょう》ふんだくられて泣けばいい、だの、思ってもないことポンポン言っちゃって。旦那は慣れてるから、またか、ですむし、子供も小さいころは、そんなこと聞いても、意味が分からないでしょ。でも、そうか。もう理解できる年になっちゃったか」

加納は感慨深《かんがいぶか》そうにつぶやく。

「前に、その友達とこの入り口で待ち合わせしたことがあったから、それを覚えてたんだろうね」

子供というのは、とんでもないことを覚えていたりする。大人が考えるよりも早く成長したりもする。

何人かの友達に子供が生まれて、子供連れで会うようになって、分かったことだ。

「あの子には、あたしがちゃんと説明するわ。だから、もういいわよ。ありがとね、めんどう見てくれて」

最後の言葉は、ふわり、と優しい表情で言われた。昌弥は、いえ、と首を振る。

「ぼく、何もしてないです」

「そんなことないわよ。最初に相手をしてくれたの、花山くんでしょ。岩根は車を回してたんだから。だから、ありがとう」

加納は、ぽんぽん、と昌弥の肩をたたくと、男の子に近づいた。

「ゆうちゃん」

「あ、お姉ちゃん！」

さすがに、その年で、お姉ちゃん、は詐欺《さぎ》じゃない？

その考えを読んだかのように、加納が昌弥を振り向く。昌弥は慌ててそっぽを向いて、視線をあわせないようにした。加納と岩根が何かをしゃべっているのが聞こえたけれど、それも意識的に耳から締め出す。

何も知りません、何も聞いてません、何も思ってません、というふり。

加納に対する防御方法は、十年たってもそのぐらいしか思いつかない。

「花山先生」

いつの間にか、岩根が隣に立っていた。

「加納に任せて大丈夫みたいですので、帰りましょう」

「あ、はい」

ドアを閉めた事務所内の部屋か、車の中、もしくは、一緒に住んでいる部屋。それ以外の場所では、弁護士と秘書としての会話をつづける。

ばれないように。

自分たちの関係を、他人に悟られないように。

十年つづけるうちに、それがとてもうまくなった。いまでは、切り替えも自由自在だ。

だけど、たまに寂しくなる。

公にはできない恋人。

そんな存在である自分が、悲しくてたまらなくなる。
たとえば、いまみたいなとき。
心が、ちりちり、と痛んでいるのに、平気な顔をしなきゃいけないとき。
岩根は何か言いたげに口を開きかけて、そのまま閉じた。
その距離が、つらい。
自分の心の中を吐き出せない空間が、苦しい。
だけど、きっと自分はいつもと変わらない表情をしているだろう。
十年でつけた仮面。
それをはぎとりたくなることが、たまにあるけれど。
それが無理なことは知っている。
だから、隠す。
そうしなきゃいけないところでは、感情を完全に抑える。
「バイバイ」
岩根のあとを追いながら、昌弥は男の子に手を振った。
「バイバーイ！」
さっきまで泣いてたその子は、いまはもう笑顔全開だ。
ああなれればいいのに。

昌弥は心の中で、そっと思った。

子供みたいに素直に、自分の気持ちを表せたらいいのに。

できないことは、分かっていても。


「子供、欲しい？」

沈黙に我慢しきれなくなるのは、いつだって昌弥だ。岩根はハンドルを握ったまま、まっすぐ前を向いている。

「晋介さん、聞いてる？」

「聞いてるけど、答えない」

岩根はそっけなくつぶやいた。

「なんで？　ぼくが悲しむから？」

仕事で、ぼく、と言いつづけているうちに、普段もそうなってしまった。最初の違和感は、すっかり消えてしまっている。

十年。

その日々を思う。

岩根と過ごしてきた十年。

ケンカは、ほとんどしていない。岩根が大人だから。甘やかしてくれるから。昌弥が何かわがままを言っても、いいですよ、と認めてくれるから。口論になりそうになると、折れてくれるから。

幸せな十年だと、分かっている。だけど、ときどき無性に岩根を怒らせてみたくなるのだ。どうしてだか、自分でも分からない。大喧嘩をしたいわけでも、別れたいわけでもなくて、むしろ逆なのに。

ずっと仲良くして、一生、一緒にいたいのに。

いいよ、昌弥の好きにして。

あきらめたようにそう言われると、相手にされていない気がして。

岩根の気持ちを分かりたいのに、まったく理解できていないように思えて。

たとえば、いまだって。

「どうして？」

昌弥は少し強い口調で聞く。岩根は肩をすくめた。

「私は運転に集中しなきゃいけないし、昌弥を納得させるためには、家に着くまでの時間じゃ足りない。だから、もう少し我慢して」

「やだ」

昌弥はわざとすねたように言う。

「足りなきゃ、家に着いてからも説明をつづけてくれればいいだけでしょ？　だから、答えて。晋介さん、子供が欲しい？」

さっき、愛しいもの、みたいに、あの男の子を腕に抱いていた。岩根だって、友人に子供が生まれたのをたくさん見てきただろう。おたがいの友達関係を把握してはいないので、実際は知らないけれど。

…ああ、そうだ。友達にも紹介できない関係なんだ。

普段なら気にもならないことが引っかかるのはどうしてなのか、昌弥自身にすら分からない。

だけど、すごく寂しい。

そして、すごく岩根につっかかりたい。

「もしいたら、晋介さん、すごくかわいがるだろうね。子煩悩《こぼんのう》なパパ、って感じ」

「あと五分黙ったら、昌弥の知りたいことに全部答えるから、ちょっと静かにしてて」

「いやだ」

昌弥は、ふん、と鼻を鳴らした。

「そうやって、ごまかそうとしたってムダだから。どうせ、家に着いたら着いたで、お風呂掃除したり、ごはん作ったり、とかでバタバタして、ぼくの質問なんてなかったことにされるんでしょ。だから、ここで答えて。五分なんていらないよ。ぼくが聞いてるのは、すごく単純な質問じゃない？　晋介さん、子供が欲しい？」

自分でも、どうしてこんなに理不尽《りふじん》ないいがかりをつけているのか、本当に理解できない。黙りたいのに。これ以上、何も言いたくないのに。

本当に子供が欲しいかどうか、なんて、聞きたくないのに。

岩根は、ふう、と息を吐くと、ちらり、と昌弥を見る。

「答えてほしい？」

「答えてほしい」

岩根はじっと昌弥の目を見つめて、それから言葉を発した。

「私と昌弥のＤＮＡを持った子供を昌弥が産んでくれるなら、欲しい。それ以外なら、いらない。どっちかの血だけ、なんて、そんなの意味がない。だから、いま現在は、欲しくない。科学が進化して、男同士でも子供が産めるようになるなら、欲しい。それが、本音」

昌弥は目を見開いて、まじまじと岩根を見る。

「…え？」

「昌弥との子供なら欲しい。それも、昌弥に産んでほしい。昌弥のおなかに私の子供がいるなんて、想像しただけで幸せになれる。でも、無理だから、すごく残念には思ってる」

昌弥の目から、ぽつり、と涙がこぼれた。それは、徐々に大粒になって、ぽろぽろとこぼれて頬を濡らす。

予想外の答えに、反応できない。

なのに、心が先に応えてしまった。

この胸の痛みを。

幸せすぎるほどの痛みを。

涙に変えて。

「ほらね」

岩根が肩をすくめる。

「昌弥がそうやって泣くだろうから、抱きしめて、涙をぬぐってあげたかったのに。たった五分も我慢できない、ついでに言ってしまえば、私が子供を抱きしめたことにすら嫉妬する手のかかる恋人が、いますぐ答えろ、ってせまるから。自業自得《じごうじとく》だよ」

「…なんで、晋介さん、ぼくのことずっと好きでいてくれるの?」

十年たっても、なんの成長もしていない。

甘やかされて、守られて、それでも不満に思ってばかりいる。

こんな自分の、どこがいいのだろう。

どこに魅力を感じてくれているのだろう。

「運命だからじゃない?」

岩根はにこっと笑った。その言葉に、また涙がこぼれる。

「だったら、ぼくは神様に感謝すればいいのかな」

出会わせてくれて。岩根をくれて。それを運命にしてくれて。

ありがとう、って神様に言えばいい？

「昌弥はかわいい」

岩根の右手が伸びてきて、そっと昌弥の頬を撫でた。その温かさに、涙がとまらない。

「家に着いたら、子供を作ろう」

岩根のささやきに、うなずくことしかできない。

本当に産めればいいのに。

男同士でも、子供ができればいいのに。

たくさん、欲しい。

岩根と自分の子供なら、いくらだって産みたい。

女であればよかった、なんて、一回も思ったことはない。

岩根が男であること。そして、自分も男であること。

それについても、なんの後悔も後ろめたさも、それどころか、一切の負の感情を抱いていない。結婚なんて、できなくてもいい。

ずっと、そばにいる。

そう誓《ちか》った。そのことに、書類上の手続きなんていらない。婚姻届《こんいんとどけ》を出したところでダメになった夫婦なんて、職業上、いやというほど見ているから、その無意味さもよく知っている。

だけど、ただ一点だけ。

愛してる人との子供を残せない。

それに関してだけは、どちらかの性がちがっていたらよかったのに、と、これからも考えることがあるかもしれない。

「…ぼくが女だったらよかった？」

「私が女だったらよかった？」

岩根のからかうような口調に、昌弥の心が軽くなった。

こうやって、いつだって分からせてくれる。

そんなことは悩んでもムダなのだ、と。

出会って、恋に落ちて、そして、その恋は冷めそうになくて。

岩根が岩根だから好きなのだ、と。

性別なんて関係ないのだ、と。

昌弥が、自分なんて岩根にふさわしくないんじゃあ、と迷ったり、悩んだりするたびに、そうじゃないよ、と教えてくれる。

そんな価値が自分にあるのだろうか、と落ち込むこともあるけれど。

まだ、たくさん時間はあるはず。

一緒にいられる時間。恋をしつづける時間。幸せなままでいられる時間。

それは、まだまだ残されているはず。

少しずつだとしても、きっと昌弥だって成長している。あと十年したら、子供にやきもちを妬かなくなるかもしれない。岩根に甘えてばかりじゃなくて、逆に甘やかしてあげたりしてるかもしれない。その十年後は？　つぎの十年がたったら？

それを想像できるのが、嬉しい。

そのときもそばにいる、ということだから。

「晋介さんのままじゃなきゃ、やだ」

「私だって、昌弥がほかのだれかだったら、恋をしてないよ」

「…うん」

岩根の言葉を、素直に受け止められるようになった。

本当はちがうふうに思ってるんじゃないのかな？

そうやって悩むことがなくなった。

十年間、岩根が正直な気持ちを伝えつづけてくれたから。

これもまた、ひとつの成長なのかもしれない。

「ありがとう。晋介さん、大好き」

「私も昌弥が大好きだよ。ということで」

マンションの地下の駐車場に車を止めると、岩根は昌弥ににこっと笑いかけた。

「子作りしよう」

「うん」

子供はできないけど。

もう悲しくない。寂しくもない。

体を重ねることで、生まれるものがあると知っているから。

快感。幸福。そして、相手を愛しい、という思い。

それで十分。

それ以上なんて、いらない。

昌弥はぎゅっと岩根の手を握ると、そっと顔を近づける。

触れた唇は、熱かった。

まるで恋の火花が散ったみたいに、刺激的なものだった。


「あっ…んっ…あぁっ…」

岩根に奥を突き上げられて、昌弥は甘い声を上げた。十年たって、変わったことはたくさんある。

だけど、抱かれるたびに、嬉しい、と思う気持ちはおんなじままだ。

媚薬《びやく》のせいにして、乱れていればよかった最初のときも、根底にあったのは、岩根に抱かれているという幸せ。

薬のせいだから、しょうがない。抵抗できなくても、当然。

そうやって言い訳しながら、岩根の熱を喜んでいた。

セックスには慣れた。したいときには、自分から誘えるようにもなった。体も作り変えられて、以前よりもはるかに快感を覚えるようになった。

恋人だから、体を重ねるのも自然なことで。

だけど、そのたびに、まるで奇跡《きせき》みたいだ、とどこかで思っている。

最初のときから長い月日が流れているのに、いまだに岩根が自分を欲しがってくれることも含めて。

乳首を、ちゅっ、と吸われて、昌弥は体をのけぞらせた。指で、ピン、と弾かれると、限界までふくれあがったそこが、ふるり、と揺れる。

「あっ…だめぇ…」

「こんなに濡れてるのに？」

岩根は、ぐちゅ、と音をさせながら、中を掻《か》き回した。昌弥は、カッと頬を染める。

「昌弥は、いつまでたっても初々《ういうい》しいね。まるで、処女みたい」

「やっ…そんなことっ…言わないでぇ…」

岩根の甘い声でいやらしいことをささやかれると、全身がほてってしまう。

「処女のくせに、私を飲み込んで、いやらしく体をくねらせてた、あの最初のときとまったく変わってない」

「やぁっ…」

昌弥は、ぶんぶん、と首を横に振った。

「そんなっ…忘れっ…あっ…あぁっ…」

岩根のものが、抜き差しされる。内壁をくまなく刺激されて、昌弥の体が、びくん、びくん、と震えた。

「忘れるわけがないよ」

岩根の唇が降りてくる。舌を差し入れられて、昌弥はすぐに自分のを絡めた。ちゅく、ちゅく、と唾液の音が響く。

「好きな子を初めて抱いた記憶をなくせると思う?」

昌弥の胸が、きゅう、と音を立てた。

さっきの男の子に嫉妬したときとも、子供という、形に残るものを作れない自分たちの関係を寂しく感じたときとも、もしかして岩根は子供が欲しくて、そのうち自分から去ってしまうんじゃないだろうか、と一抹の不安を抱いたときともちがう、幸せな痛み。

自分が恋した人が、おんなじ時期に自分を好きでいてくれた。

そのことが、涙が出るほど嬉しい。

その気持ちは、十年たってもまったく色あせない。

「昌弥は忘れたい？」

「…忘れたくない」

普通のセックスじゃなかったけど。おたがいの気持ちも通じ合ってなかったけど。

それでも、岩根との最初の行為だから。

絶対に絶対に、忘れたくない。

「子供なんて、いらない」

岩根は優しくささやく。

「昌弥がいれば、それだけでいい」

「ぼくもっ…」

こらえきれずに、涙がこぼれた。

「ぼくもっ…晋介さんだけでいいっ…晋介さんがいればっ…」

形に残らなくても。

自分たちが死んでしまったあとに、愛し合った証拠が全部消えたとしても。

それでいい。

ここに、岩根がいる。

それ以上に大切なことなんて、何もない。

「それだけで…幸せっ…んっ…いやぁっ…」

岩根が、ガン、ガン、と奥を突き始めた。そのたびに昌弥の体は揺さぶられて、シーツにこすれる。

「もっとぉ…」

昌弥はねだった。

「激しくっ…してぇ…」

分からせて。

ここにいる、って。

自分のことを好きでいてくれる、って。

体に分からせて。

「昌弥は、かわいい」

岩根はキスを顔中に散らしながら、自身を打ちつけた。昌弥の頭の中が、真っ白になっていく。

「あっ…いいっ…好きぃ…晋介さんっ…大好きっ…」

「私もだよ」

その言葉だけでいい。

好きだと伝えてくれれば、それでいい。

昌弥は、岩根の名を呼びつづけた。

欲望を解放するまで。

そして、そのあともずっと。

愛しい人の名を。


「よく考えたら、本当に子供ができて、昌弥の愛情がすべてそっちに向いたら、私は何をするか分からないから、子供はいらない」

岩根の腕の中でうとうととしていたら、急にそんなことを言われて。昌弥は目を開けた。

「…え?」

「分散するから、絶対に」

岩根を見上げると、真剣な表情。

「いまは、私が昌弥を独占してるけど、私の子供を、昌弥がかわいがらないはずがないし。私の遺伝子を受け継いだら、昌弥のことを心から愛してしまうだろうし。もし、というか、年齢的に私が先に死ぬだろうから、そのあとで、若いころの私にそっくりな子供が、お父さんの代わりに愛してあげる、とか言ったら、昌弥はよろめいてしまうだろうし。だから、いらない」

眠気で満たされていた頭では、すぐに岩根の言葉を理解するのはむずかしくて。しばらく考えてから、昌弥は噴き出す。

「晋介さん、考えすぎだよ」

「いや、全然」

岩根は冷静に告げた。

「私は、自分の子供と昌弥を取り合わなきゃならなくなって、でも、子供だから、手がかかるから、って特権を相手がふりかざして昌弥を奪っていくだろうし、私が昌弥に手を出そうとしたら、起きて泣いたり、物心ついたら邪魔したり、もっと大きくなったら、こっそりのぞいて、昌弥の痴態《ちたい》を堪能《たんのう》したり…」

「晋介さん」

昌弥は晋介にぎゅっとしがみついて、途中でさえぎる。

「ぼくたちに子供は産まれないよ?」

「でも、もし可能なら、欲しいんだよね?」

「うん」

昌弥は躊躇《ちゅうちょ》なくうなずいた。自分と晋介のＤＮＡを受け継いだ子供。欲しくないわけがない。

「だったら…」

「晋介さんが、一番好き」

昌弥はにこっと笑う。

「晋介さんが大好きだから、晋介さんとの子供が欲しい。順番は、いつだってそうだよ。それに、産まれないから」

絶対にこの世に現れない相手に嫉妬している岩根の言葉を聞いていたら、夕方からのもやもやは、すべて消え去った。

愛しい。

その気持ちだけで、心が満たされる。

岩根が、愛しい。

「だから、ぼくはずっと晋介さんだけを愛するし、大事にするし、これからもそばにいる。子供のことは、二度と聞かないね」

自分の遺伝子を残したい。

それは、人間ならだれでも持っている本能。

だけど、無理だから。大好きな人とかけ合わせることはできないから。

もう考えない。

岩根が、ここにいてくれる。自分を抱きしめてくれている。温もりを感じられる。

それ以上に、何も望まない。

「ねえ、それより、ほかに聞きたいことがあるんだけど」

「何？」

ようやく落ち着きを取り戻したのか、岩根はいつもの口調に戻っていた。それに、ほっとする。昌弥の話を、ちゃんと理解してくれた、ということだから。

「あれから十年たったでしょ？」

「そうだね」

「なのに、ぼく、なんの成長もしないまま、ずっと晋介さんに甘えてばかりなんだけど、いやになったりしない？　もうちょっとしっかりすればいいのに、とか思ってない？」

「恋人になったとき、私が何を言ったか覚えてないの？」

忘れるわけがない。いつだって覚えてる。

でも、あれは恋人になったばかりのことで。

だから、口からこぼれたかもしれなくて。

もしかしたら、取り消したい、と思ってたりするのかも。

その気持ちは、ずっとあって。

昌弥は何も答えずに、じっと岩根を見た。

「…忘れてるわけがないか。だから、聞いてるんだよね」

世界で一番甘やかしてあげる。

岩根は、そう言ってくれたけど。

そして、そのとおりにしてくれているけれど。

限界だったりしないのだろうか。甘やかしてばかりで、自分は甘えられなくて。

そんな関係にうんざりしてないだろうか。

その答えが欲しい。

ごまかしも何もいらない。

岩根の本音が知りたい。

「十年たったからって、私が昌弥を愛しいと思う気持ちが減ったとでも？」

「思いたくない。だって、ぼくは増えてるから。晋介さんを好きな気持ちが、この十年でたくさんたくさん増えたから。晋介さんにも、そうであってほしい」

恋とは、いつか冷めるものだと思っていた。

だけど、そうじゃないと岩根が教えてくれた。

岩根にも、おなじように感じていてほしい。

好きに限界はないのだと、信じさせてほしい。

「あのときよりも、もっと好き」

岩根の優しい言葉は、昌弥の胸にまっすぐに届いた。

本気の言葉は、疑う間もなく、すとん、と昌弥の心に落ちる。

それを分からせてくれたのも、岩根。

「だから、十年たとうが、二十年たとうが、三十年たとうが、そんなの関係なく」

岩根の指が、ぐいっ、と昌弥のあごを上げた。

「世界で一番、私が昌弥を甘やかしてあげる」

「…大好き」

もっとつづけたかったのに。

たくさん、愛の言葉を告げたかったのに。

あとは、全部、岩根の唇に吸い取られた。

十年たっても変わらない、優しい恋人の唇の中に。

あとがき

みなさま、はじめまして、または、こんにちは。森本あきです。

一か月ぶりですね（言ってみたかっただけ。だって、商業誌で、一か月ぶり、ってめずらしくないですか？　なので、来月も言います。とか書いてて、きっとすっかり忘れてるんだろうな…）。今回は、秘書第二弾！　これは、敬語攻が書きたかったのですよ、たぶん。あいまいな記憶から取り出してみるに。あと、冷たそうに見える攻がいいな、と考えたような。そーしーてー、当然、媚薬エッチ！　あ、受の子のこと書いてない。でも、昌弥は、私がよく書くかわいい受なので、いっか（なぜに投げやり？）。

書き下ろしは、十年後なのに変わってない二人です。昌弥にはいつまでもかわいくあってほしい、という私の願望から、こんなお話になりました。十年たっても、たまらずに好き、っていうのはいいですよね。

あと、このシリーズは、私にしてはめずらしく、受よりも攻のほうが人気がありました。一作目は植木先生、そして、これは岩根を、好きです、って言ってもらえることが多くて、とても嬉しかったです。ろくでなし攻しか書いてないので（自覚はある。が、ろくでなしな攻が大好きだから、これからも変わりません）、ちょっとでも、好きだ、と思ってもらえるなら、魅力的に見えたのかな、と安心します。

わー、なんか、まじめに語ってる！　どうしよう！　というわけで、無理やり、恒例、感謝のお時間にいきます！

挿絵の樹要先生には、本当にこの時期、お世話になりっぱなしでした。いまでも、「樹先生とのコンビが大好きです！」と、おっしゃってくださる方がたくさんいらして、それはすべて、素敵な絵を描いてくださった樹先生のおかげなのだと、心から感謝しています。また、いつか、一緒にお仕事ができればいいなあ。

担当さんは、いつも穏やかで、私の清涼剤となってくださってます。これからも、末永く、よろしくお願いします（嫁入りか！）。

来月は、最後の秘書シリーズ。十年後の二人はどうなっているのか、楽しみにしててください。

それでは、またそのときにお会いしましょう！

大分今と絵が違うので
キャララフをサルベージしてみたその2。

樹要

KAIOHSHA ガッシュ文庫

秘書のイジワルなお仕置き♥
(2005年プランタン出版刊『秘書のイジワルなお仕置き♥』所収)
そして、十年
(書き下ろし)

秘書のイジワルなお仕置き♥
2010年9月10日初版第一刷発行

著　者■森本あき
発行人■角谷　治
発行所■株式会社 海王社
〒102-8405
東京都千代田区一番町29-6
TEL.03(3222)5119(編集部)
TEL.03(3222)3744(出版営業部)
www.kaiohsha.com
印　刷■図書印刷株式会社
ISBN978-4-7964-0065-7

森本あき先生・樹 要先生へのご感想・ファンレターは
〒102-8405 東京都千代田区一番町29-6
(株)海王社 ガッシュ文庫編集部気付でお送り下さい。

ガッシュ文庫

小説原稿募集のおしらせ

ガッシュ文庫では、小説作家を募集しています。
プロ・アマ問わず、やる気のある方のエンターテインメント作品を
お待ちしております！

応募の決まり

[応募資格]

商業誌未発表のオリジナルボーイズラブ作品であれば制限はありません。
他社でデビューしている方でもOKです。

[枚数・書式]

40字×30行で30枚以上40枚以内。手書き・感熱紙は不可です。
原稿はすべて縦書きにして下さい。また本文の前に800字以内で、
作品の内容が最後まで分かるあらすじをつけて下さい。

[注意]

・原稿はクリップなどで右上を綴じ、各ページに通し番号を入れて下さい。
　また、次の事項を1枚目に明記して下さい。

　タイトル、総枚数、投稿日、ペンネーム、本名、住所、電話番号、職業・学校名、年齢、投稿・受賞歴（※商業誌で作品を発表した経験のある方は、その旨を書き添えて下さい）

・他社へ投稿されて、まだ評価の出ていない作品の応募（二重投稿）はお断りします。

・原稿は返却いたしませんので、必要な方はコピーをとって下さい。

・締め切りは特別に定めません。採用の方にのみ、3カ月以内に編集部から連絡を差し上げます。また、有望な方には担当がつき、デビューまでご指導いたします。

・原則として批評文はお送りいたしません。

・選考についての電話でのお問い合わせは受付できませんので、ご遠慮下さい。

※応募された方の個人情報は厳重に管理し、本企画遂行以外の目的に利用することはありません。

宛先

〒102－8405　東京都千代田区一番町29－6
株式会社 海王社　ガッシュ文庫編集部　小説募集係